Für Hannes
zum 85.
mit den herzlichen
Wünschen!

Renate

14.10.2005

Die Literareon
Lyrik-Bibliothek

Band III

Die Literareon Lyrik-Bibliothek
Herausgegeben von Anja Zimmermann

Bibliografische Information Der Deutschen Bibliothek

Die Deutsche Bibliothek verzeichnet diese Publikation in der Deutschen Nationalbibliografie; detaillierte bibliografische Daten sind im Internet über http://dnb.ddb.de abrufbar.

Gestaltung: Thomas Roediger
Satz: Anja Zimmermann

Printed in Germany

Literareon im Herbert Utz Verlag GmbH
Adalbertstraße 57 · 80799 München
Tel 089-307796-93 · www.literareon.de

ISBN 3-8316-1224-2

VORWORT

In seinem Vortrag »Lyrik wozu?« zur Eröffnung der Freudenstädter Literaturtage sagte Marcel Reich-Ranicki: »Es gibt Millionen Menschen, die noch nie ein Gedicht gelesen haben, und sie leben auch. Aber besser lebt es sich mit ihnen.«

Mit Lyrik leben – das bedeutet heutzutage, sich mit ihr wieder anfreunden zu müssen, es setzt Kennenlernen voraus. Und was wäre dazu geeigneter als eine Anthologie? In ihr begegnet uns eine Vielfalt an Themen, die uns anzusprechen vermögen, die lyrisch interessant aufbereitet sind, die Tuchfühlung zum Nächsten geben können, zur Gesellschaft, zur Natur, die auch helfen, sich wieder selbst zu entdecken.

Der vorliegende Band sieht sich als Sammelpunkt und Sprachrohr der Vielfalt zeitgenössischer Schreibweisen von Lyrik. Er lässt einerseits die Spannweite und Eigenart der lyrischen Dichtung, andererseits Kontinuität und Wechsel der lyrischen Gattungen, Formen und Motive erkennen. Gezeigt werden soll die ganze Breite der zeitgenössischen Produktion: Neben dem Kunstgebilde steht Gebrauchspoesie, neben bekannten Motiven und Themen das zu Recht oder Unrecht Vernachlässigte. »Naive« Naturlyrik oder dadaistische Wortspiele, die nur noch Sprache, nicht Bedeutung sein wollen, reine Impressions- oder reine Expressionslyrik, gegenständliche, erzählerisch-balladenhafte oder sinnlich-emotionale Gedichte stehen bewusst durch- und nebeneinander.

Die Bandbreite der Themen reicht von Natur- und Eindrucksschilderungen, Geistlichem und Mythischem über Seelenforschung und die Schilderung innerer Zustände wie Liebe und Trauer, Hoffnung und Glaube, Angst und Schmerz, Enttäuschung, Nähe und Distanz bis hin zum Wort und zur Sprache selbst.

Ebenso unterschiedlich wie die Themen sind Herkunft und Lebensgeschichten der Autoren. So fließen in die einzelnen Gedichte verschiedene Lebenseinstellungen, Sichtweisen und Intentionen mit ein. Wer das Buch zur Hand nimmt, wird eventuell bestimmte Themen vermissen, Gedichte finden, die ihn ansprechen, aber auch andere

finden, die sich ihm nicht gleich erschließen. Diese Klippe kann keine Sammlung vermeiden, die zu vielen Menschen sprechen und gerade die unterschiedlichen Facetten zeitgenössischer Lyrik repräsentieren möchte. Sollten Sie also durch die Gedichte des vorliegenden Bandes einige Anregungen erhalten haben, vermisste Themen ergänzen oder neue Gedanken einbringen wollen, Ihre Gedichte sind uns jederzeit gerne willkommen.
Lyrik – man kann sie nicht einfach herunter lesen, denn sie lädt ein zum Verweilen, zum Innehalten und zum Nachsinnen. Einige solcher Anstöße haben wir hier zusammengetragen.

Folgende Gedichte wurden von Literareon mit einem Bücherpaket prämiert:

»Krähenlos« von Volker Welz (Seite 201)
»Früher Herbst« von Holger Bonus (Seite 23) und
»Selbstporträt« von Uta Herdemerten (Seite 72)

München im Juli 2005
Anja Zimmermann

Seit wir uns lieben, ist alles ganz einfach, alles ganz klar.
Es ist wahr. Liebe in ihrer schönsten und reinsten Form.
Es ist wahr. Du bist zu mir gekommen. Auf die andere Seite des
Spiegels.
Es ist wahr. Seitdem ist alles ganz einfach, alles ganz klar.
Liebe, zu rein und zu schön, um sie zu erfahren. Du hast sie mir
gegeben.
Es ist wahr. Wir sind vereint auf der gleichen Seite des Spiegels.
Körper und Schatten. Eine Seele. Tag und Nacht.
Es ist wahr. Keine Lügen, keine Geheimnisse, keine Versprechen.
Keine Pein, keine Qual.
Es ist wahr. Wir gehören zusammen. Es ist wahr.
Wir sind ein Team. Wir sind Partner. Unzertrennlich und stark.
Nicht zu schlagen. Es ist wahr.
Unsere bedingungslose Liebe ist unendlich, unsterblich für die
Ewigkeit.
Es ist wahr.

Susanne Ulrike Maria Albrecht, geboren 1967 in Zweibrücken, absolvierte eine Ausbildung zur Schauwerbegestalterin und eine private Schauspielausbildung. Von ihr erschien bereits der Band »Umkehr ausgeschlossen«. Auch wurden einige ihrer Werke in verschiedenen Anthologien veröffentlicht.

Des Wassers G(es)icht | *Petra Baltes*

Da fließt es, mal stetig, mal träge,
rauschend, leise, mächtig tosend,
verkleidet in allerlei Gewand:

Der Eisberg spendet eiskalt Licht,
im Spiegel sich die Sonne bricht,
sternenkleidfunkelnd des Nachts getragen
für schroffe Felsen samtner Kragen,
vom Wasserfall geboren ein Regenbogen,
Wellen tragen diamantne Kronen.

Alle Farben trägst Du zur Schau,
mal silbern, mal grün, mal königsblau.
An den Menschen am Ufer ziehst Du vorbei,
Babylon ist für Dich einerlei.
Lachse kehren in Deinen Schoß zurück,
Täuflinge suchen in Dir ewig Glück.

Krieg und Frieden wirst Du überwinden,
in Deinem Bett auch Ruhe finden.
Die Quelle, sie besteht von Anbeginn,
im Meer findet schlussendlich Dein Lauf seinen Sinn!

Petra Baltes, Jahrgang 1962, schreibt seit ihren Jugendjahren. Sie absolvierte ein Fernstudium »Kreatives Schreiben/Autor werden« und nahm an zwei Schreibwerkstätten teil. Ihre Werke wurden bereits mehrfach in der Lyrik-Bibliothek von Literareon veröffentlicht.

Blauer Horizont,
existiert die Wahrheit?
So denke müde,
glaubhaft ist alles,
Superidee …
Nicht erscheint Genese
Ende meiner Energie,
die poetischen Lichter der Zeit
drehen,
stehen meine Gedanken vor mir.
Dort ist Wissenschaft, da Poesie.
Wie ich dich höre,
liebe ich,
ohne Antwort,
mein Herz ist baff.

Eva Barberá del Rosal kommt aus Córdoba, Spanien. Sie schreibt Lyrik und Romane in verschiedenen Sprachen, Englisch, Französisch, Deutsch, Italienisch und Spanisch.

MEDITATION | *Monika Barmann*

Ich balanciere auf dem Regenbogen.
Schaue ohne geblendet zu werden, ins gleißende Licht.
Werde vom Sternenglanz angezogen.
Bin fasziniert vom silbrigen Mondlicht.

Ich tanze auf den Sonnenstrahlen,
Klettere den Wasserfall empor,
Fange an wie Chagall zu malen,
Singe mit den Engeln im Chor.

Ich reite auf geflügeltem Pferde,
Nehme eine Dusche im Sternenstaub,
Schlage Saltos rund um die Erde,
Meine Decke ist das goldene Laub.

Ich gleite über das glitzernde Meer,
Bewege mich leicht wie der Nebel fort,
Meine Seele, leicht wie eine Feder,
Eilt hin zu einem magischen Ort.

Monika Barmann arbeitete zunächst als Erzieherin, entschloss sich aber mit 36 Jahren zu einem Studium der Sozialpädagogik und absolvierte gleichzeitig eine Ausbildung in Gesprächspsychotherapie. Seit 27 Jahren ist sie verheiratet. Sie hat eine 20-jährige Tochter.

SOMMERSCHATTEN | *Margot Baum*

Noch spüren wir
die warmen Wasser
an unseren Schenkeln,
die heißen Winde
über den durstigen Wiesen.

Noch tanzen Kohlweißlinge
über den Feldern.
Doch schon
bedecken welke Blätter
rostige Stellen des Grases.

Jetzt kommt das Kätzchen
öfter ins Haus.
Windregen zieht
den Sommer
mit sich fort.

Bald werden
rauschende Vogelzüge
den Herbst ankündigen.

Margot Baum lebt seit ihrer Eheschließung 1957 in Behringen am Hainich in Thüringen. Bis 1990 war sie Lehrerin an der dortigen Regelschule und leitete eine Schülerkabarettgruppe. Danach war sie zehn Jahre als Redakteurin bei der dortigen Ortszeitung beschäftigt. Zur Zeit ist sie noch als freie Mitarbeiterin bei der Thüringer Allgemeinen tätig. Einige ihrer Werke wurden bereits veröffentlicht: 1996 und 2001 eine Kassette und eine CD mit Mundarttexten und 2003 das Kinderbuch »Rund um den Geschichtenbaum – Prinzessin Windi«.

Mistelig | *Birgit Bayer*

Andre haben eine Milz.
Ich habe ein Mißtrauen.
Dort, wo bei andern
die Milz sitzt und sticht,
habe ich das Mißtrauen.
Ein Miß, das sich nicht traut.

Es sitzt da drin,
fest wie die Milz
und dick wie Filz.
Mißt immerzu
die anderen
mit Mißtrauen.

So'n Mist.

Auch da unter der Mistel
traut sich das Miß nicht,
kriegt lieber 'ne Fistel,
setzt sich in 'ne Distel.

Eine Milz, die schmilzt.
Ein traue(r)ndes Miß
ist wie ein Schmiß:
Es bleibt und schaut
und mißtraut,
'ne Miss, die sich nicht traut.

Birgit Bayer verfasst seit ihrer Kindheit Gedichte. Nach Studium und Examen folgten Buchrezensionen für den WDR, Volontariat und die Arbeit als Redakteurin. Nun ist sie Ehefrau, Mutter, Lehrerin, Hausfrau, Köchin, Gärtnerin und Putzfrau; Schreiben ist ihr Hobby.

In meiner Kristallkugel | *Anni Rosemarie Becker*

In meiner Kristallkugel
sah ich eine Burg
einen Prinzen
der auf mich wartete

Ich sprang
durch den Zeitspiegel
Helligkeit umfing mich
leise Sphärenmusik erklang

Als ich zu mir kam
keine Burg
kein Prinz
nur Männer in Weiß
in kahlen Räumen

Gebt mir meine Kugel zurück

Anni Rosemarie Becker hat bereits mehrere Werke publiziert: »Am Horizont irgendwo« (2000), »Einfach Leben« (2002), den Lyrikband »Wolkensamt und Straßenstaub« (2003) und »Wolkenmeer« (2004). Sie ist Mitglied in Kunst- und Kultur-Vereinen, u. a. im Verband Deutscher Schriftsteller.

AUF DASS ES FÜR IMMER HÄLT | *Ralf Becker*

Langes Leben und viel Glück,
genießt jede Stunde, sie kommt niemals zurück!
Zufrieden in Arbeit versinken,
selig in Liebe ertrinken.

Vergesst nie dabei, wie zerbrechlich sie ist,
wenn man aus Arbeit die Liebe vergisst.
Irgendwann verlangt sie mit Macht ihren Tribut!
Innehalten und offen reden tut dann gut.

Mancher ist gescheitert darin,
zieht ruhelos durchs Leben dahin.
Tun, was fürs Glücklichsein wichtig bleibt,
ständige Aufgabe auf Lebenszeit.

Ralf Becker lebt in Hohenstein-Ernstthal.

Mit wehenden Fahnen,
Wind von Nordost,
verabschiedet sich der Sommer.

Die Seeluft des Nordens,
herb, frisch und frech,
verwirbelt den Staub der Straßen.

Auf bergigen Wolken
reiten in Grau
Vorboten herbstlicher Stürme.

Die Farben vergehen:
Rot, Rost, dann Braun.
Wir kriechen in warme Höhlen.

Die Stadt schließt den Himmel
hermetisch ab
mit gelben Schwefelschichten.

Anzeichen des Winters:
der Mensch trägt Schwarz
zu ersterbenden Gesichtern.

Oh, gnädiger Frühling,
im nächsten Jahr
erlöse uns von dem Dunkel.

Ute Becker studierte Germanistik, Philosophie und Kunstgeschichte und erwarb ihr Diplom in der Kommunikations- und Wirtschaftswerbung. Sie wurde Taucherin und Unterwasserfotografin und wirkte für den Naturschutz. In Berlin war sie Mitbegründerin der Alternativen Liste für Demokratie und Umweltschutz Berlin, war in deren Landesvorstand und Bezirksverordnete in Berlin-Charlottenburg. 1989 entschied sie sich für das Leben in der Kreativität: Schreiben, Malerei und keramische Kleinplastik. Eines ihrer Werke wurde bereits in der Lyrik-Bibliothek II veröffentlicht.

FEDERWÖLKCHEN | *Heinz Behnke*

Federwölkchen, leicht, possierlich
tupfen an des Himmels Blau,
ihre Flöckchen weiß und zierlich …

Ach, du liebes Himmelsvölkchen,
lustig ist es zuzuseh'n,
wenn die feinen, zarten Wölkchen
um des Windes Atem fleh'n …

Heinz Behnke ist Fachschuldozent und Diplom-Kulturwissenschaftler. Eines seiner Gedichte wurde bereits in der Lyrik-Bibliothek I veröffentlicht.

Sprache der Bäume | *Hannelore Berthold*

Wie?
Noch immer traumblind?
Das Astwerk verwoben
in den Schutz des warmen
Stammes gegeben?
Aufgerüttelt
alle eure Blätter!
Ahnungslispelnd
hat eben die Birke
ihr Zeichen verkündet.
Und windrauschend
wird es weitergetragen
von Bruder zu Bruder.
Der »Baumfäller« geht
mit der Axt durch den Wald.
Laut ruft
in der alten Sprache
die Ahnen,
dass sie Hagel senden
über den Feind.

Hannelore Berthold ist 61 Jahre alt, Rentnerin, verwitwet und lebt in Chemnitz. Ihre Werke wurden bereits in unterschiedlichen Anthologien veröffentlicht, 2001 erschien ihr erster Roman. 2002 und 2004 wurde ihr literarisches Schaffen mit dem dritten bzw. ersten Preis bei künstlerisch-literarischen Wettbewerben der Sächsischen Landeszentrale für Politische Bildung ausgezeichnet. Ebenfalls 2004 erschien ihr Gedichtband »... fahren auf den alten Straßen«.

und der schatten
    den diese lampe   jeden abend
    von ihm   immer am selben platz sitzend
    an die   raufasertapete warf
sitzt noch immer da

nichts will passiert sein
    obwohl er   lange tot ist
    haben ihn   die lampe
    und die   raufasertapete
nicht vergessen

Niels Biewer, Jahrgang 1981, studiert Landschaftsentwicklung in Osnabrück. Einige seiner Werke wurden bereits in Anthologien und Zeitschriften veröffentlicht, u. a. in der Lyrik-Bibliothek von Literareon.

NOVEMBERNACHT | *Werner K. Bliß*

um die einsamkeit
der haut
des gedankens

baut sich jedes wort
buchstabierend auf
dunkle vokale
bestimmen das metrum

noch stunden bis
orion verglüht

Werner K. Bliß, Jahrgang 1950, lebt und schreibt in Hausach im Schwarzwald. Von 1985–1991 war er an einer deutschen Schule in Portugal tätig. Mehrere seiner Werke sind bereits in Literaturzeitschriften und Anthologien erschienen.

SONNENSTRAHL | *Brigitte Bloyinski*

Wenn ein Sonnenstrahl
dich trifft
erhebe dich
stell dich mitten in ihn hinein
lass ihn leuchten
bis in deine Seele
atme ihn genüsslich
durch alle Poren
trink ihn
mit all deinen Sinnen
nimm ihn tief in dich auf
und
–
gib ihn weiter

Brigitte Bloyinski verbrachte Kindheit und Jugend in einer westfälischen Kleinstadt nahe Münster und lebt heute als Studienrätin im Aachener Raum.

Früher Herbst | *Holger Bonus*

Schöner als sonst im Jahr
das Land im frühen Herbst
Altweibersommer Schmelz
Krankschleier drapiert um
reifes Prangen milde
Sonne Fruchtfarben zarten
Gelbhauch Todesatem

Holger Bonus habilitierte in Bonn und nahm 1973 den Ruf auf einen wissenschaftlichen Lehrstuhl der Universität Dortmund an. 1978 übernahm er den Lehrstuhl für Finanzwissenschaft an der Universität Konstanz und 1984 den Lehrstuhl für Volkswirtschaftslehre an der Universität Münster. Im Jahr 2000 wurde er emeritiert, begann zu malen und wandte sich der Lyrik zu. Zwei Gedichtbände erschienen bereits: 2002 »Nachtsplittermeer« und 2004 »Dünung – Gedichte«.

ANGEKOMMEN | *Elisabeth Braun*

Du fühlst diesen Moment
unendliches Glück durchströmt deinen Körper
die Zeit scheint angekommen zu sein
du suchst nicht mehr
du brauchst nichts mehr

Wärme, die Farben verschwimmen
alles wird eins
Sekunden später zieht dich die Zeit wieder weiter
du kannst nicht bleiben
doch die Erinnerung prägt dich fürs ganze Leben

Die Zeit zieht weiter
aber du weißt, dass dieser Moment für immer in deinem Herzen
bleibt

Für diesen Moment warst du angekommen
für diesen Moment hatte deine Suche ein Ende

Aus Sehnsucht nach solchen Momenten ziehst du mit
die Erinnerung bleibt
für diesen Moment warst du angekommen

Elisabeth Braun, Jahrgang 1989, ist Schülerin in Jena. Das Gedicht »Angekommen« entstand als Erinnerung an eine Schwedenreise.

Erbe aus Kindertagen | *Marie Breinl*

Lange liegt es zurück,
Beinahe zwanzig Jahre,
Und doch ist es Gegenwart.
Ein Erbe so kostbar
Wie Mutterliebe in unserem Herz.

Lange liegt es zurück,
Es wird täglich länger,
Und doch ist es Gegenwart.
Ein Erbe so stumm an Worten,
Ruft es doch so laut Erinnerungen wach.

Lange liegt es zurück,
Eine ganze Kindheit,
Und doch ist es Gegenwart.
Ein Erbe so bunt
Wie die Welt an Sommertagen.

Lange liegt es zurück,
Mein ganzes Leben.
Kinderbücher, die Schätze
Unserer jungen Jahre,
Das Erbe aus Kindertagen.

Marie Breinl, Jahrgang 1985, lebt in Leipzig und wird demnächst ein Studium der Zahnmedizin beginnen.

Vor'm Fenster ziehen Möwen | *Elke Bröderer*

Vor'm Fenster ziehen Möwen ihre Bahn,
heben, dem Hauche gleich, in Anmut zart die Schwingen.
Die Leichtigkeit des Fluges zieht mich an,
wie sie den Luftraum mühelos bezwingen.
Im Gleichklang sie die kleinen Körper heben,
die Wende sanft und majestätisch sie vollzieh'n.
Und meine Seele strebt, von Sehnsucht voll, entgegen
dem schwerelosen Raum zum Lichte hin.

Elke Bröderer lebt in Wien.

HÄNDE | *Esther Bystrek*

Hände,
die sich berühren.
Fühlen. Verstehen.

Die erste Saat
– für den Frieden.

Ester Bystrek verfasst seit 1992 Lyrik. Ihre Gedichte wurden bereits u. a. in der Lyrik-Bibliothek I von Literareon veröffentlicht.

Für die Poesie
des Abends
öffnet die Rose ihr Blatt
und lässt
mit einem leisen Seufzen
der Worte
wunderbaren Klang
in sich hineinströmen
schließt sich
und
behält diese die Nacht
über in Gewahrsam

Jamie-Lee Campbell lebt in Mainz und studiert Psychologie.

AUFWIND | *Ralf Cieslarzyk*

Lebenslinien schlängeln sich
durch blutige Birken den Hügel empor,

Regen entmachtet die Feuersignale,

und aus dem Dunkel ruft das Ziel
nach den Reitern, die vom Pferde fielen,
den Reitern, die auf Bäuchen kriechen,
Reitern, die ihre Rechnung beglichen.

Wind weht, Träger der Klage,
die dem Hügel entgegen schreit,

Wind biegt den Regen fort,
vergessene Glut atmet Feuer,

und aus goldgelben Flammen ruft nun das Ziel
nach den Reitern, die ihre Pferde tragen,
den Reitern, die ihre Wunden bedecken,
Reitern, die ihr Ziel erreichen.

Geboren wurde Ralf Cieslarzyk 1963 in Brandenburg an der Havel. Er ist Vater zweier Kinder und seit vielen Jahren als Hobby-Schriftsteller tätig. Bisher wurden zwei Gedichtbände und ein Kinderbuch veröffentlicht.

Nachbetrachtung! | *Ulrich B. L. Czelinski*

An einem Tag in dem Revier,
ich glaub', es war so gegen vier,
trafen sich Igel und auch Hase,
und stach am Igel sich die Nase.

Der Igel seufzte: »Tut mir leid.
Auch habe ich es längst bereut,
bei unserm Wettlauf vor zehn Jahren,
da hielten wir dich nur zum Narren.

So stand ich stets an einem Ende
und meine Frau dann an der Wende.«
Der Hase rief: »Das war nicht fair,
denn ich lief ständig hin und her.«

Der Kuckuck, der den Zwist gehört,
schrie vom Ast: »Ich bin empört,
ihr solltet endlich Freundschaft schließen,
den Bund mit Möhrensaft begießen.«

Doch leider kam durch das Geschrei
ein alter Keiler schnell herbei,
so blieb es schließlich beim Versuch,
zu schließen dieses Märchenbuch.

Ulrich B. L. Czelinski wurde 1938 im ehemaligen Königsberg/Ostpreußen geboren, ist verheiratet und hat fünf Kinder. Er hat bereits zwei seiner Lyrikbände veröffentlicht: »Von Fettnäpfchen und anderen Wahrheiten« und »Gedankensprünge«.

EINE BILDBETRACHTUNG | *Felix Danke*

Sie tanzen Tango durch den Regen
Er in Schwarz und sie in Rot
Wollen ganz ihr Leben leben
Ein Regenschirm ist ihnen Tod

So sanft sie über's Pflaster gleiten
Welches rot-schwarz-golden leuchtet
Wollen so durchs Leben schreiten
Welches Freude doch bedeutet

So tanzen sie wohl viele Nächte
Und die andren sehen zu
Denken auch nicht an das Schlechte
Doch der Wind gibt keine Ruh

Sie lassen tanzend Tropfen springen
Tragen ein sich in die Nacht
Lassen Steine Lieder singen
Haben Schönes so vollbracht

Felix Danke, 1984 in Fürstenfeldbruck geboren, schloss 2004 seine Schullaufbahn mit dem Abitur ab. Derzeit absolviert er ein freiwilliges soziales Jahr.

JUNIGEWITTER | *Orla Danz*

Was flammender noch
vermag ins Auge dich zu
rücken,
als wenn an graublauschwarzem
Himmelszelt mit aufgebrachten
Sturmes Tosen die wilden
Feuerritter goldne Schwerter
zücken? …

Ein frisches, glänzend
nasses Eichenblatt,
das hat der Regen nachts
vor meine Türschwelle
gesenkt
und mich am Morgen
eines blauen Tages
mit solcher edlen Gabe
nach der Wohltat
einer Frühlingsnacht
beschenkt.

Orla Danz, Jahrgang 1938, absolvierte ein Theologiestudium in Jena. Sie ist mit einem Pfarrer verheiratet und hat drei Kinder. 1962–1994 war sie in der Evangelischen Kinderpädagogik tätig. Nun ist sie im Ruhestand. Von ihr erschienen bereits drei Bände mit Lyrik und Prosa: »Aufbruch und Verweilen« (2000), »Lebensweise« (2003) und »Adventsbegegnungen« (2004); außerdem wurden ihre Werke in zahlreichen Anthologien veröffentlicht, u. a. in der Lyrik-Bibliothek von Literareon.

SEEMANNSGARN | *Manuel Deinert*

Das Riedgras wehte sanft im kalten Regen.
Das Meer lag still und schläfrig in der Nacht.
Vom Land her hauchte kühl der Westwind sacht.
Am Nebelhimmel stand der Mond verwegen.

Ein Fischer wollte sich zum Schlafen legen,
Sein Bett an Deck war schon zurechtgemacht,
Da schaute er noch mal zur Klippenpracht
Und stutzt': Dort schien sich etwas zu bewegen!

Ein Mädchen lag dort auf den nassen Steinen,
Vertieft in einen traurigen Gesang,
So bittersüß. Und, ach, der Silberglanz

In ihrem Aug'! Der Fischer musste weinen –
Doch weh! Der Leib des Mädchens voller Tang:
Er endete in eines Fisches Schwanz.

Manuel Deinert, geboren 1979, ist Student in Münster. Seit knapp zwei Jahren widmet er sich dem Schreiben von Lyrik und Kurzprosa. Seine Werke erschienen bereits in verschiedenen Anthologien.

SEHNSUCHT | *Andreas Dirksen*

Schon wieder schließt sich dieser Kreis.
Ein blinder Schmerz durchfährt die Glieder.
Ist das der Liebe teurer Preis,
der dich zerquetscht und brennt dann nieder?

Ein Blick zurück, zurück zu Dir.
Kein Blick nach vorne in die Zukunft.
Der Tag vergeht, die Zeit verrinnt.
Soll ich Dich hassen oder lieben?

Das Denken fließt in Strömen hin.
Und ein Gedanke jagt den andren.
Doch ist ihr Weg zu lang und blind
und läßt die Seele Schmerz durchwandern.

Andreas Dirksen stammt aus Simmertal und studiert derzeit Biologie in Mainz. Einige seiner Werke wurden bereits in Zeitungen und Anthologien veröffentlicht.

Sag du zu mir | *Marcus Dörhöfer*

Sag du zu mir.
Du zu mir,
sagst du,
ist nicht möglich,
weil du zu mir
nicht vorhanden ist.

Komm zu mir.
Ich zu dir,
sagst du,
ist nicht vorstellbar.

Du zu mir braucht Zeit.
Sagst du,
ist nicht möglich,
weil du zu mir
zu weit entfernt ist.

Und doch ist es möglich,
du zu mir zu sagen.
Sagst du,
nichts ist da, dass ich
du zu dir sagen möchte!

Marcus Dörhöfer, Jahrgang 1963, lebt in der Nähe von Wiesbaden und arbeitet beim ZDF in Mainz als Informatiker. Er hat bereits einen Roman geschrieben und Gedichte und Kurzgeschichten in Anthologien veröffentlicht. In einer Literatursendung bei Radio-Rheinwelle in Wiesbaden ist er als Gastautor tätig.

Wer ist Brummelmatz? | *Dieter Ebert*

Man nahm:

Aus der Künste großem Schatz
'nen kräftigen Schuß Ringelnatz
und dazu natürlich gern
eine Prise Morgenstern.

Schließlich dann auch noch zur Not
ein paar Tropfen Eugen Roth.
Diese gut gemischte Mache
kam in 'ne Leipz'ger Goseflasche.

Für ein paar Mark harter Währung
wurde sie zur geist'gen Gärung
in die Pleißenburg gestellt.
Und – wer erblickt das Licht der Welt?

Ein Juwel für Leipzigs Schatz:
von der Pleißenburg der Brummelmatz.

Dieter Ebert, geboren 1934 in Magdeburg, war bis 1994 als Ingenieur in der Chemieanlagen-Planung in Leipzig tätig. Bis 2004 war er Umweltbeauftragter im Kirchenbezirk Leipzig. Er ist verheiratet und hat zwei erwachsene Söhne und einen Enkel.

DER TOBENDE | *Balz Eggenschwiler*

Ruckartig
auf und ab,
in der rasenden Hand
des Tobenden
zischt die scharfe Klinge
durch die träge Luft.
Eine Drohgebärde,
glaube ich,
schweissgebadet?

Balz Eggenschwiler lebt in Bubikon und ist Autor, Ex-Bankdirektor und Humorist. 2005 erschien sein Roman »Schweizer, Geld und fremde Teufel« bei Literareon.

Wie soll sein meine in Stein gemeisselte Orchidee |
Tilo Eichhoff

Vor dem tiefblauen Nachtsarg
Ward dem begnadigten Tag gewährt
Zu entfalten das Marmortriptychon
Enthäutet & blutjung

Wie soll sein meine in Stein gemeißelte Schöne?

Grob ersichtlich, die verwundbare Marmorhaut
Jungferngleich – wildumwuchert das weißblasse STEINFLEISCH
Modrige Körnung, silbergrün geschmückt
Die atmet schwer und tief Seele in den Stein
& die Blütentriebe – ihre durstigen Prachtmähnen
Der farbschwarzen Sonnenglut entgegenstreckend

Soll so sein meine marmorbewunderte Geliebte?

Splitternackt offengelegt und im Geiste schuldig
Vor der eingekerkerten Zeit / die nagt und bohrt
In die Ritzen der vermeintlichen Ewigkeit Flüchtlingslöcher
Winzige Freiräume für allertiefstes Gefühl
& Herzensqual

Soll so sein meine in Stein gemeißelte Orchidee?

Knollenbrüste, erdlochfasernd und riechend
Nach verlorener Mühe
Besessen vom Drang zu überleben gegen
Jämmerlichen Steinfraß gefeit
Das lautlose Geheimnis nicht preisgebend
Im einsamsten Inneren ihre Wunden salzen
Formgebendes Fragment aus LIEBE und HASS
Blutreich unsäglich geadert bis zum jüngsten Tag

SO SOLL SEIN MEINE IN STEIN GEMEISSELTE
WUNDERVOLLE ORCHIDEE

Tilo Eichhoff lebt in Hildesheim. Eines seiner Werke wurde bereits in der Lyrik-Bibliothek II bei Literareon veröffentlicht.

REZEPT | *Markus Epha*

fenchelwürste
ein rosmarinzweig
frischer knoblauch
eine große weiße zwiebel
sellerie
pinienkerne
zwei karotten
pesto
eine tomate
lauch
hitze
parmesan
schafskäse
etwas peperoncino
salz
italienisches brot
fingerspitzengefühl

Markus Epha, geboren 1965 in München, Ausbildung als Journalist, Neigung zur Gastronomie, gezeugt in Positano, gezogen nach Österreich, seit zehn Jahren in Berlin wohnhaft, arbeitet mit Bildern (Film, Foto, Zeichnung) und Worten (Rezitation, Gedicht, Kurzprosa, Essay).

Und dann kommt die Nacht,
da findest du dich,
im Elend erwacht,
in finsterer Ecke
allein auf dem Kissen –
und steckst mit der Furcht
unter einer Decke,
die schreienden Schmerzen
ins Schweigen verbissen.

Doch regt sich ein Funke
der Hoffnung im Aug',
kann deine Sehnsucht
sich zu dir gesellen
und Friede dich herzen,
sein Licht dich erhellen.
Und endlich, mein Freund,
kann unendliche Liebe
sich deiner erbarmen,
und du wirst auf Erden
nichts mehr vermissen.
Inniglich wirst du
dein Leben umarmen,
es wird dich atmen,
und Tod wird dich küssen.

Andreas Erdmann, Jahrgang 1962, ist Diplom-Sozialpädagoge und Mitarbeiter bei einer deutschen Tageszeitung. Er wurde bereits mit mehreren Literaturpreisen ausgezeichnet, u. a. mit dem Heinz-Risse-Literaturpreis des Bergischen Landes (1998) und dem Literaturpreis der Bayreuther Festspielnachrichten (2003).

PHÖNIX | *Stefan Erlhofer*

Gealtert, gelebt schon lange Zeit
Mit dem Wissen von Generationen geboren
Macht er sich nach Jahrhunderten bereit
In sein Element zurückzukehren
Aus seiner Asche wieder aufzustehen
Jung, mit der Weisheit der Alten
Das modernste Wissen der Zeit wird gesucht
Verboten ist ihm es zu entfalten
Sein Schicksal zu erfahren jegliches Leid

Stefan Erlhofer ist 19 Jahre alt, Schüler, Hobbydichter und -autor.

INTERESSANT | *Markus Euler*

Interessant die Welt, so wie sie vor mir liegt
Interessant was es so alles gibt
Interessant da schweift ein Blick zu mir
Interessant kam er von Dir

Interessant jetzt werd ich kribbelig
Interessant und das ist nur für dich
Interessant wie sich mein Magen dreht
Interessant ob's dir wohl auch so geht

Interessant jetzt kommst du auf mich zu
Interessant sprichst du mich an mit Du
Interessant du gehst an mir vorbei
Interessant ob ich dir das verzeih'

Markus Euler, Jahrgang 1968, studierte Mathematik in Darmstadt, später Soziologie und Germanistik in Mainz und Frankfurt. Er widmete sich schon früh dem Schreiben und war Mitbegründer verschiedener Schreibgruppen. 2001 veröffentlichte er die Anthologie »Anna Blumes Schwestern«. Derzeit lebt er in einer Lebensgemeinschaft südlich von Berlin.

Das Gespräch | *Irmgard Fader*

Du und ich ein Dialog
im Wandel der Gezeiten
Worte als ein Monolog
aus dem Herzen gleiten

Sprache ist im Zwiegespräch
Wunderland auf festem Boden
in dem Wechsel gleiten schnell
Worte werden eingewoben

Lob und Preis im Weitergeben
Dankesworte heben auf
Zwietracht Haß begraben werden
Verständnis wie im Zeitenhauch

Zeit zu haben im Gespräch
ist ein Wunder der Natur
die Gedanken ausgestellt
in der Liebe Weltenuhr

Irmgard Fader lebt in Königsfeld. Seit ihrer Jugend schreibt sie Gedichte.

ABSCHIEDSRUF | *Sabine Fels*

blauer Samt legt sich mir
tröstend auf die Seele

die dem leisen Ruf
nach Abschied folgt

der bittersüße Duft
der Ferne weht

mir goldene Blätter
raschelnd um die Füße

ein Luftholen hält mich
bevor ich gehe

da hilft kein Zauber
in der Not

nur der Mut
kann mich begleiten

ich selbst zu sein

Sabine Fels, Jahrgang 1961, arbeitet in Essen als Gestalttherapeutin und Supervisorin und hatte bereits zahlreiche Veröffentlichungen in Jahrbüchern und Anthologien.

ohren ködern echos,
stottern wimpern, bringen lidschwellung
augen winseln unter schwermut,
schaumumsüffte lippenschwämme
stoßen sprachmus, lindern zungenscham,
brechen blicke
im sekundenwahn
tot.
durch mundgewalt blutet leben aus.
in flüchtige leiber quälen sich bleibende
phantome,
suchen nach tiefe,
in freizeitecken fristen ferne reste,
die suchtkrank machen,
gesichterlos-klagend,
zermürbt vom widersinn vor ort,
zeitgelähmt nach fährten tastend,
drückt stille,
nährt traumata, verschwindet greifbares,
langsam
erstickt das kinderlachen im zweiten land,
verirrt endet geist

Maria Fett, 1978 in Greifswald geboren, ist staatlich geprüfte Kosmetikerin und Visagistin. Sie hat bereits an verschiedenen Lesungen, Wettbewerben und Poetry Slams mitgewirkt.

MÄUSESCHICKSAL | *Karl-Jürgen Fetzer*

Früh morgens in des Finken Rain
erwacht des Lebens täglich' Pein.
Durchflügelt wird der Tau der Nacht
der wehmutsvolle Blick bedacht,
ob jener nicht wohl zu stark wacht.
Der hohe Ton des Vogel Schreis
erzittert in des Tiers Gebein.

Karl-Jürgen Fetzer lebt in Heidenhein.

BAGGERSEE | *Angela Fey*

schwüle
kleinstadtmief
coladosen
kippen
kieselsteine
im plattgedrückten gras
ausgestreckte körper
eingeölt
berieselt von radioklängen

ungelebte urlaubsträume
versinken mit der sonne
hinter frisch gepflanzten pappeln

Angela Fey, Jahrgang 1964, wohnt in Köln und ist Erzieherin und Heilpädagogin. Einige ihrer Gedichte wurden bereits veröffentlicht.

THEATERPAUSE | *Anne Fischer*

Das Fenster weit geöffnet.
Die Sommerabendluft
tief einatmend –
fließe ich zusammen
mit der Stadt
dem Strom entgegen,
dessen Rauschen uns von
Wahrheit und Traum erzählt.

Heimlich
werde ich zur Gestalt
und gestalte mich selbst.

Anne Fischer, Jahrgang 1969, ist Diplom-Bauingenieurin, verheiratet und hat zwei Kinder. Ihre Werke wurden bereits in einigen Anthologien veröffentlicht.

(für Rainer 22.10.2004)

Verletzung ist der Name der Insel
Auf der ich lebe
Schmerz die Kammer in die ich mich zurückziehe
Unnahbarkeit ist der Zaun
Hinter den ich mich stelle
Meine Hände strecke ich dir entgegen
Hoffnungsvoll
Und warte
Dass du mich herausziehst aus dem Meer des Leids

Ingrid Froedert, Jahrgang 1953, ist Chorsängerin und lebt in Lampertheim-Hofheim. Sie ist Mitglied der Literaturwerkstatt Lu-Ma und im Literarischen Verein der Pfalz. Einige ihrer Werke wurden bereits veröffentlicht, u. a. 2004 »Tiergeschichten für Jung und Alt«.

(Petersberg im Inntal, 11.08.2004; anläßlich der Ausgrabung alter Kloster-/Burgmauern auf dem Petersberg durch die Universität München.)

Tösend und brummend vibriert mein Leib,
Der nun einen saugenden Rüssel besitzt,
Schwarz und gerillt.

Er schluckt jeden Kiesel und Stein und Knochen,
Sand und Scherben und Regenwürmer.
Der Turbo-Kärcher enthüllt

Schicht um Schicht des alten Klosterhügels.

Das zarte ›Plopp‹ einer landenden Heuschrecke
Und das Zirpen der tausend Zikaden
Vergessen.

Königskerzen und Schafgarbendolden
Verlieren ihr Licht in der aufgewirbelten Wolke
Der eben entbeutelten Staubfilterfächer.

Das Huflattichgelb und die Zitronenfalter
Sind dem Bewußtsein entrückt
Wie der Kopf der geschlachteten Ringelnatter.

Wie herrlich ist's, die Alpen zu saugen!
Zart betupf' ich jede Felsennase
Und gebe dem Kalkstein seine Farbe zurück.

Das Gebrumm und Gesumm
Dreht meine Welt herum.

Wie sich die Berge vom Himmel recken!
Als wolle Gott seine Nase durchstecken,
Dieses grüngefleckte, rotbetupfte Firmament!

Während der Staub in die Röhre flitzt,
Gleitet mein Blick
Über einen tiefblauen, reinen Boden.
Eben wollen meine Gedanken
Sich im Kristallblau verlieren,
Da verstört ein hellerer Ton die
Tiefe Schwingung,
Die meinen Körper so kraftvoll durchdrungen
Und ihn in bewegte Entspannung gewogen:
Der Rüssel, von einem Stein verstopft!

Und so kehrt das Zirpen der Zikaden wieder.
Mein Atem.
Und das entfernte Plätschern des Wasserfalls.
Das leise Rauschen der Autobahn
Und das kratzende Klappern der Kellen.

Der Himmel ist Erde geworden.

Eva-Maria Glasbrenner, Jahrgang 1977, studierte an der Ludwig-Maximilians-Universität München Philosophie, Indologie und Religionswissenschaft; derzeit schreibt sie an ihrer Promotion. Eines ihrer Gedichte erschien bereits im ersten Band der Lyrik-Bibliothek von Literareon.

Du baust ein Haus
und einen Zaun
drum herum
meißelst
du dich ein
pflückst Äpfel
streichst die Fenster
füllst das Konto
und den Darm

Bis die Augen müde
die noch nichts gesehen
schaufelst du
mit jedem Schritt
dein Schicksal
aus dem Sand

Prüfst die Wurzel
höhlst sie aus
bohrst und kratzt
die Mitte
bis die Quelle
Antwort gibt:

Du selbst
wählst das Garn
zum Weben
deines Kleides
und trägst es
zur Schau

Katja Göbel ist Lehrerin, Schriftstellerin und Malerin und ist an der KVHS Peine als Dozentin für Malerei und Literatur tätig. Sie ist u. a. Mitglied im VS Verband Deutscher Schriftsteller in Niedersachsen und Bremen e. V. und im BBK Bildender Künstler e. V. Hannover und hat bereits mehrere ihrer Werke zur Veröffentlichung gebracht.

Zwischen uns | *Gisela Gödecke*

Eine gläserne Wand
steht zwischen uns.
Ich kann sie nicht
zerschlagen.
Die Splitter würden
dein Herz verletzen.
Es wäre der
perfekte Mord!

Gisela Gödecke arbeitet freiberuflich als Lokal- und Bildreporterin bei einer regionalen Tageszeitung. Sie gehört dem »Zirkel für Literatur« an. Einige ihrer Werke sind bereits in Anthologien erschienen, u. a. in der Lyrik-Bibliothek von Literareon.

Stand hinter den Rufen
Den zugesagten Festen

War die Sendung
Die Aufregung
Das große Funken
Ein aufmunterndes Wort
Fremde
Regen in Strömen und dunkel Schimmern
Im Rinnstein Schmutz
Eine Spitze im Nebel der Morgenfeier
Ein Wolkentuch jubelnd am Fenster

Leere war
Glück oder Schmerz.

Walter G. Goes, geboren 1950 in Aschersleben, lebt und arbeitet seit 1979 als freischaffender Maler, Grafiker und Schriftsteller auf Rügen. Seit 1972 tritt er mit Gedichten und experimentellen Lyrikprojekten an die Öffentlichkeit. Seine Werke erschienen bereits mehrfach in Anthologien und Literaturzeitschriften.

Der andere Fluss | *Hans-Jürgen Graumann*

Weiße Ufer,
vergilbte Blätter, die im Wasser treiben.
Dieser Fluß,
der sich sterbend durch die Wiesen quält,
ist mein Leben.

Ruhig und stetig,
dann wieder
schäumend und abrupt,
voller stiller Leidenschaft
und dann wieder
wild fiebernd dem Meere zu.

Die sandigen Hügel
bleiben zurück.
Anhöhen, für immer verlassen.

Als das Lied hierüber erstarb …
hörte ich ihn endlich wieder,
den großen Fluß
der Zeit.

Hans-Jürgen Graumann, Jahrgang 1952, war als Diplom-Verwaltungswirt zuletzt Stadtdirektor und Bürgermeister und widmet sich jetzt der Schriftstellerei. Nebenberuflich absolviert er Fernstudien in Politik, Geschichte, Ökologie und Literatur an der Fernuniversität Hagen. Er ist Mitglied im FDA, Landesverband Mecklenburg-Vorpommern.

Schneckenwetter | *Ingrid Groschke*

»Wir wollen heut' spazierengeh'n«,
spricht Schneck zu seiner Frau.
Das Wetter ist so wunderschön,
der Himmel dunkelgrau.

Es nieselt schon den ganzen Tag.
Das Gras ist pitschenaß.
Es ist heut' so, wie ich es mag.
Wir Schnecken lieben das.

Ingrid Groschke, Jahrgang 1945, ist Malermeisterin und besuchte die Abendschule an der Hochschule für bildende Künste Dresden. 1974–1991 war sie Leiterin des Mal- und Zeichenzirkels Lübben und ist seit 1991 freischaffend tätig. Sie absolvierte ein Fernstudium für Belletristik, Karikatur und Comic und Kinder- und Jugendliteratur in Hamburg.

Segelsommer | *Edith Grünauer*

Schon der erste Frühlingshauch
des Seglers Herz entzückt,
ins Wasser darf sein Schiff hinein,
es ist herausgeputzt und fein,
wie eine Braut soll es ihm sein,
er fährt mit ihr ins Glück.

Er fühlt sich selig
wie im Traum,
wenn er das warme Holz berührt,
die vertrauten Planken spürt,
empfindsam ihre Segel führt
und gleitet über Meeresschaum.

Sie haben beide nur ein Ziel,
nach dem sie freudig streben:
Verlockend stets die ferne Kimm,
sie zu erreichen ist ihr Sinn,
Abenteuer der Gewinn,
Segeln ist ihr Leben!

Dr. med. Edith Grünauer, Jahrgang 1944, war 25 Jahre lang als Allgemeinärztin in Buchholz in der Nordheide tätig. 2001 zog sie nach Kosel und begann mit dem Schreiben. Sie ist Mitglied mehrerer Autorengruppen und wirkte an Schreibwerkstätten mit. Ihre lyrischen Werke wurden bereits in unterschiedlichen Anthologien veröffentlicht, u. a. in der Lyrik-Bibliothek von Literareon.

ICH GREIFE DORTHIN | *Lucyna Grzybowska-Petermann*

ich greife dorthin
wo das Nachtblau
die taufeuchten Lippen des Grüns
zärtlich küsst
streichle den rauen Rücken
des Stegs
des duftenden Nektars
letzten Tropfen
trage ich dorthin
wo die flaumige Unschuld
ihr Haupt im Türkis kühlt
schmiege mich in die Arme des Rieds
es schaukelt die Müdigkeit
Wind streift meine Augenlider
im eiligen Flug
berührt mich das Leben

Lucyna Grzybowska-Petermann studierte Pädagogik an der Universität Torún (Polen). Seit 1984 lebt sie in Leipzig und unterrichtet an einer Schule für Gehörlose und Schwerhörige. Sie erhielt den Publikumspreis des Wettbewerbs »Pegasus-Europa 97«. 2001 debütierte sie mit dem zweisprachigen Gedichtband »Dialog mit der Spinne«. Die Übertragung ins Deutsche (auch die des hier vorliegenden Gedichtes) besorgte Sybille Hellwig-Keller.

Sie haben mir Blumen gebracht
und neben mein Bett gestellt.
Sie wissen es: Dieses Lager ist mein letztes.
Sie kommen oft zu mir
und erzählen mir Neuigkeiten,
sie scherzen geschäftig
und gehen hinaus und flüstern.
Ich weiß, was sie sagen, und mein Herz wird einsam.
Es ist schwer, auf dem letzten Lager zu liegen,
es ist schwer, nicht zu viel zu verlangen
von den Lebenden.

Sie haben mir Blumen gebracht,
die mußten sterben, um mich zu erfreuen.
Seltsam, Blumen erfreuen im Leben und im Sterben;
wieviel können wir von den Blumen lernen.

(1957)

Maria Guggemos, Jahrgang 1913, hat 1954 den 3. Preis des Erzählerwettbewerbs »Unsere Kirche« gewonnen. Ihre Gedichte erschienen bereits in verschiedenen Zeitschriften.

Seerosen blühen, rahmen mein Gesicht,
das nun blasser wirkt am Tag, bei Licht,
und weicher noch als rotes Algenhaar
mit Kaulquappen spielt, dabei unscheinbar
den Tod begrüßt, die dünne Wasserschicht.

Ich weine in den Spiegel und er bricht.
Wellenscherben kreisen, da flieht die Sicht
amphibisch ängstlich, denn nun ist es klar.
Seerosen blühen.

Die Leiche im Laichteich ist mein Gedicht,
versenkt mit schweren Wörtern als Gewicht.
Mein Opfer meide ich, ich mach mich rar.
Der Mörder und der Leser sind kein Paar.
So ähnlich bin ich meiner Lyrik nicht,
wenn Seerosen blühen.

Roman Gutsch, geboren 1973, Studium der Publizistik, Einsatzkoordinator bei Caritas Socialis, veröffentlicht seit 2002 literarische Arbeiten in Zeitschriften und Anthologien.

FRÜHLING | *Gottfried Haferkorn*

Frühling ist der linde Hauch, der mein Haar umspielt,
ist der weite Horizont, den so nah man fühlt.

Frühling ist das muntere Reh, das am Waldsaum äst,
doch auch eine hübsche Maid, die mich hoffen läßt.

Frühling ist Gefühl und Macht, was man sich erträumt,
ist der Abend, ist die Nacht, die den Tag besäumt.

Frühling ist der Vögel Sang morgens in der Früh,
ist der Aufbruch und der Gang zu des Tages Müh.

Frühling ist die Heiterkeit – ist ein freier Sinn,
ist ein Wunder der Natur, deren Teil wir sind.

Frühling ist das Donnergrollen und ein Regenguß,
ist ein lieblich blauer Himmel und ein lieber Gruß.

Frühling ist ein frohes Lachen, ist ein froher Laut,
ist ein zartes Wiesengrün, ist der Märzenstaub.

Frühling kann die wunde Seele heilen und befrei'n,
kann den Menschen völlig wandeln, macht manch Sorge klein.

Frühling läßt die Menschheit hoffen auf ein Friedensfest,
daß der Mensch – vernunftbegabt – die Zerstörung läßt.

Frühling soll als Menschheitstraum ewig sein auf Erden,
könnt als Gottes Schöpfungsakt kaum noch schöner werden.

Drum bedenk, du Menschenkind, täglich deine Taten,
keinem auf dem Erdenrund darfst du jemals schaden.

Gottfried Haferkorn lebt in Großbothen-Leisenau. Bei Literareon erschien 2004 seine Autobiographie »Mein Leben und andere Kleinigkeiten. Sieben Jahrzehnte im Herzen Sachsens«.

TRÄUME | *Renate Hahnenkamm*

Warum, sag mir, fliehen Träume das Licht
Warum lichten sie in der Dunkelheit
Sind sie doch Schatten des Scheins
Bilder ohne Galeristen

Renate Hahnenkamm ist 57 Jahre alt und schreibt, seit sie schreiben kann, belletristische Texte. Sie ist Mitglied bei den Zeitschreibern im EBW.

Zugvogel | *Gottfried Hänisch*

Zugvogel
lieber
fliege,
du kennst die Bahn,
du weißt das Ziel.

Zugvogel
lieber
fliege,
spürst du den Wind,
die Nacht wird kühl.

Zugvogel
lieber
fliege,
ich zieh mit dir
weit weg von hier.

Gottfried Hänisch lebt in Leipzig.

WINTERNACHT | *Karin Maria Hankowetz*

Manchmal wachsen einem Nächte
wie Eisblumen aus dem Kopf,
Gedanken lassen sich nicht wärmen.

Kalter Tee löst den Honig nicht
und schmeckt bitter,
dann wünsch ich mir zu träumen,
dann träum ich von meinen Wünschen.

Manchmal wachsen einem Flügel
in kalten Winternächten.

Karin Maria Hankowetz, Jahrgang 1961, ist selbständige Friseurmeisterin. Seit etwa fünf Jahren schreibt sie Gedichte, Kurzprosa, Märchen und Kinderbücher, einige wurden auch bereits veröffentlicht.

IKARUS | *Alexander Härning*

Einst habe ich Ikarus, vogelgleich die Arme breitend,
im Sonnenlicht vergehen sehen.

Flieg, Ikarus, flieg!

Mit Dädalus' Hilfe stiegst du stetig auf, der Sonne entgegen.
Du machtest den Traum wahr.
Dein Tanz mit den Lüften war verwegen;
doch ehe man sich's versah,
stürztest du herab, musstest die Strafe der Götter erleiden.
Du wolltest ihnen ebenbürtig werden
und zahltest den Preis dafür, ihre Kräfte zu beneiden.
Zeus schmolz deine Flügel und du musstest sterben.

Flieg, Ikarus, flieg!

Das waren meine Worte für den, der die Götter herauszufordern
wagte,
für den, den der Hochmut mit dem Tode bestrafte.

Flieg, Ikarus, flieg!

Ich werde deiner gedenken,
und deines Heldenfluges göttergleich.
Du scheutest es nicht, dein Leben zu verschenken
für unser letztes noch zu eroberndes Reich.

Flieg, Ikarus, flieg!

Alexander Härning, 1980 in München geboren, studiert seit 1999 Germanistik und Anglistik auf Gymnasiallehramt in Augsburg.

Beschreibung des Frühlingsanfangs | *Holger Hartenstein*

Amsel, Drossel sammeln fein
letzte Winterkörnchen ein.
Frühling sitzt schon in den Buchen
und vertreibt den Duft von Pfefferkuchen.

Lenz – der meldet sich bescheiden,
Winter kann den gar nicht leiden.
Märzens Düfte – welch Desaster
treiben selbst den Schnee vom Straßenpflaster.

Winter kann auf Kälte nicht verzichten,
weiß nicht mehr sich einzurichten,
denn der Frühling schwenkt zur Landung ein,
wenn auch noch mit blassem, grünem Schein.

Holger Hartenstein, geboren 1940 in Meißen, studierte Lehramt für Deutsche Sprache und Literatur in Dresden und Kommunikationswissenschaften an der Universität Halle/Wittenberg und war lange im pädagogischen Bereich tätig. Derzeit ist er Pensionär und Honorardozent im Europäischen Bildungswerk für Germanistik und Kommunikationswissenschaften.

Es begann damit
daß er Töne verwechselte
sein eigenes Handy nicht mehr erkannte
und die Stimme seiner Frau nicht

Es ging weiter
daß er Farben vertauschte
bei Rot über die Ampel fuhr
und abends den Greens hatte

Dann versprach er sich öfters
sagte zynisch statt unsinnig
und menschenverachtend statt unangenehm

So ging es weiter
und heute lächelt er schon
und zwinkert
wenn er sagt
Du kannst mich
und meint es wird besser
durchs Zwinkern

Christoph Haß wurde 1968 in Neuwied geboren. Nach einem Besuch der Schauspielschule Saarbrücken studierte er zunächst Physik, später Germanistik und Geschichte. Bereits während des Studiums arbeitete er als Programmsprecher beim Saarländischen, Hessischen und dem Südwestrundfunk, wo er heute als regelmäßiger freier Mitarbeiter tätig ist. Er lebt in Baden-Baden.

ICH GEHE | *Sybille Hellwig-Keller*

zu meinen Träumen
ist der Weg weit
also gehe ich

den Gipfel erstürmen
ist leicht
schwerer der Abstieg ins Tal
zum Baum und Fels
Mensch und Tier
dem Haus
dem meinen und dem deinen

auf dem Regenbogen
zwischen Himmel und Erde
reiten meine Träume

der Weg ist weit
also gehe ich
ich gehe

Sybille Hellwig-Keller, geboren 1926 in Tuszyn/Polen, ist Lehrerin im Ruhestand. Sie macht Lyrik-Übersetzungen ins Deutsche. Einige ihrer Werke wurden bereits in Anthologien veröffentlicht, u. a. in der Lyrik-Bibliothek von Literareon.

im runden stark vergrößernden
spiegel mein gesicht leicht bräun
lich das haar seitengescheitelt und
hinten zusammengefasst die busch
igen brauen stets leicht hochgezogen
dazwischen zwei falten wie anführungs
striche die schmalen augen mit ge
tuschten wimpern darin grauweiß
der augapfel schwimmt die kaulquappen
schwarze pupille im grünblauocker iris
rund der blick ein laserstrahl die nase
weich und dick und wie vernascht zwei
faltenklammern führen zum mund dessen
besonderes merkmal seine geschlossenheit
ist darunter ein starkes rundes kinn die
stirn auch rund der ganze kopf oval

Uta Herdemerten, geboren 1967 in Essen, studierte Malerei und Kunsttherapie in Düsseldorf und München. Sie textet und zeichnet und lebt in München.

DUNKLE SCHWESTER | *Denis Herold*

Oh, du süße Melancholie,
umarmst mich wie eine dunkle Schwester.
Satt wirst du meiner Tränen nie,
und es scheint, als sei ich dein bester
Bruder hier auf dieser Erden
und als würd' es niemals anders werden.

Der schwarze Teich, der meine Seele ist,
lässt meinen Geist wie in Öl versinken.
Ach, Schwester, die du stets bei mir bist,
kannst wohl niemals aufhören zu trinken
von meinen Wermutstropfen, die dir den Mund verschmieren
und sich in diesem Teich verlieren.

Denis Herold ist 26 Jahre alt und Regierungsinspektor bei der Landesschulbehörde, Abteilung Osnabrück. Neben seinem Beruf studiert er in Münster Germanistik, Geschichte und Philosophie. Zwei seiner Werke wurden bereits veröffentlicht: die Aphorismensammlung »Schule des Lebens« (2001) und der Fantasyroman »Der Eifer des Gefechtes« (2004).

Der Bergahorn im Herbst | *Andrea Hoffmann*

Ich liebe dich, Ahorn auf einsamer Höhe,
in flammendes Gelb jetzt getaucht.
Schatten gibst du dem müden Wandrer
und auch dem dürstenden Vieh.

Denn im Schutz deiner Krone, der breiten,
fühlt man Geborgenheit.
Langsam zum Boden die Blätter fallen,
taumelnd im Sonnenlicht.

Wer half das Blatt wohl so zu gestalten
wie eine menschliche Hand?
Sieh auf die Finger, die leicht sich krümmen,
wenn es die Erde erreicht.

Deine Äste, die grauen und glatten,
steil in den Himmel gestellt,
fragen, verzweigt und zur Krone sich rundend,
wohl nach dem Sinn unsres Seins.

In dir ruhend, du hast ihn gefunden,
Ahorn voll männlicher Kraft;
fühlst dich dem weisen Gesetz verbunden,
das in dir wirket und schafft.

Andrea Hoffmann, Jahrgang 1962, lebt in Calau und schreibt seit ihrer Jugend Lyrik, Prosa, Märchen und Geschichten für Kinder. Zahlreiche ihrer Werke wurden bereits in verschiedenen Anthologien und Zeitschriften veröffentlicht. Auch präsentierte sie bereits ihre Werke bei Lesungen einer breiteren Öffentlichkeit.

KÄLTEEINBRUCH | *Kristin Hofmann*

Der abendliche Winterwald
ist zugeschneit bis an die Spitzen.
Die Berge stehen starr und kalt,
es friert sie an den weißen Mützen.

Der Schnee setzt ihnen Hauben auf,
sie glänzen in der Wintersonne.
Die Berge sind sehr stolz darauf.
Für sie ist es die reinste Wonne.

Doch bald setzt dann das Tauen ein.
Es tropft und plätschert hier und dort.
Die Berge werden traurig sein.
Die weißen Mützen fließen fort.

Kristin Hofmann, Jahrgang 1984, absolvierte 2003 ihr Abitur. Nach einem freiwilligen sozialen Jahr studiert sie nun Germanistik und Geschichte an der TU Dresden.

glücklich sein

und
in den strudel
springen
der kommt
von dort
wo niemand weiß
und geht
dahin
wo nichts erwartet

orangenfische essen
und muschelbonbons lutschen
vom grunde sammeln
und im mund vergänglich machen
die klare kälte raschen wassers
wie ein schwamm aufsaugen
mit den augen aale jagen
tropfen fangen
trinken
taumeln
und

am fels zerschellen

Thomas Hornisch, Jahrgang 1974, studierte Psychologie, Theologie und Germanistik in Marburg und arbeitet als freier Journalist und Fotograf für verschiedene Tageszeitungen. 2001 erhielt er den 1. Preis beim Online-Poetry-Slam.

Von nah berührst du mich … | *Wolfgang Ilg*

Von nah berührst du mich, wie Wind
damals mich berührt im nackten Schlaf,

von nah verführst du mich, gerecht
die Wunden zu begleichen,

nah der Zeit schreit noch Vergangenheit,
die Narben mit dem Schwert zu trösten
wie einst im ungegrabnen Grab.

Welche Blume pflückte sich an jenem Tag?
Welcher Dorn stach?
Welcher Stein schrieb taumelnd seine Inschrift sich?
Welches Aug' sah's?

Einst warf ich Schatten dir ins Licht.
Einst verriet ich dich der Nacht! Verzeih!

… so fern war dein Gesicht.

Wolfgang Ilg, geboren 1961 in Waldkirchen, lebt heute in Zorneding bei München. 1991 erschien sein erster Gedichtband »Zerreißprobe«, es folgten zahlreiche weitere Einzelveröffentlichungen und Veröffentlichungen in Anthologien. Derzeit schreibt Wolfgang Ilg an seinem ersten Roman.

WINTERLIED | *Angelika Immerath*

Vertrieben bin ich
aus dem Haus des Schlafes
in aller Frühe.

Der Garten zittert noch
unter dem Eismond.
Längst schon
haben die Bäume
ihre Nester abgeworfen
im Sturm.
Am Ufer ruht
die Fähre, angekettet,
wie ein müdes Tier.
Ausgelöscht sind die Feuer,
die mich wärmten
in den Städten
jenseits des Flusses.

Und dennoch
seh ich
meinen Schatten tanzen
auf der fahlen Erde,
als sänge die Nachtigall
in den Bäumen
unter dem Eismond.

Angelika Immerath, geboren 1936 in Berlin, war lange im Schuldienst tätig. Seit 1962 verfasst sie Rezensionen, seit 1983 Lyrik, Kurzgeschichten und Erzählungen. Einige ihrer Werke wurden bereits veröffentlicht.

EINSAMKEIT | *Venera Isufi*

Die Einsamkeit, Vertrauen verloren,
Das Trauern geboren.
Die Einsamkeit, Seele genommen,
Ins Dunkle gekommen.
Die Einsamkeit, Schmerz gespürt,
Mit Tränen berührt.
Die Einsamkeit, die Angst ist hinter Dir
Und das Leben vor Dir.
Die Einsamkeit, lasse sie nieder
Und lebe wieder.

Venera Isufi ist 1984 in Prishtina im Kosovo geboren. Vor zwölf Jahren zog sie mit ihrer Familie nach Deutschland. Zur Zeit absolviert sie ihr Abitur.

Geheimnisse des Waldes
im Reich der Zauberer und Feen,
wo Naturwunder entstehen,
ein kleines helles Licht,
welches aus dem Dunkel der Zweige leuchtet,
ein kleines Hoffnungslicht,
damit meine Seele nicht im Dunkeln bricht,
oh Weihnachtsbaum, ich dank dir,
du tröstest mich!

Mit dir flieg' ich
mit den Schwingen der Phantasie davon,
mit dir wird mein Herz ganz still und froh,
selbst wenn laute Töne mich ersticken,
mit ihrem Gejammer mich erdrücken,
als würd' mich nicht irgendwann
mein Schuh auch vor Kummer drücken,
Weihnachtsbaum, du tröstest mich,
oh wie lieb' ich dich!

Beatrix Jacob hat ein Hochschulfernstudium als Diplom Ingenieur Ökonom absolviert und bildete sich 1991 zur Beauftragten für Umweltschutz weiter. Eines ihrer Gedichte wurde bereits in der Lyrik-Bibliothek von Literareon veröffentlicht.

Heimweh | *Ingeborg Jakob*

Sing, kleiner Vogel, mir!
O sing ein fröhlich Lied!
Drei rote Rosen schenk ich dir
für jenes eine Lied.

Sing, Vöglein, sing so hell,
ich miß dein liebe Stimmen.
O – sing aus froher süßer Kehl
weit über tausend Zinnen!

Ich sitze so alleine hier,
ringsum nur hohe Mauern.
Wo ist der bunten Gärten Zier,
die ich ersehn mit Schauern?

Lieb Vöglein, künd:
erzähl vom fernen Tal!
Sing leis es mit dem Wind!
Heimat, viel Tränen dir ohn Zahl!

Ingeborg Jakob lebt in Querfurt.

Träumen von einstiger Jugend,
Entschwundene Möglichkeiten.
Was hätte werden können, wenn …
Leere Hände.

So vieles gewollt,
So weniges erreicht.
Gedanken sind Schäume,
Vergangenheit als Trost.

Verronnene Zeit,
Menschen verloren.
Schwindender Mut
Auf der Waagschale: Hoffnung gegen Resignation.

Dr. Horst Jesse, Jahrgang 1941, ist Pfarrer der Evang. Luth. Landeskirche in Bayern, verheiratet und hat fünf Kinder. An der LMU München promovierte er über die Lyrik Bert Brechts. 1984 gründete er in Augsburg den Bert-Brecht-Kreis. Von Pfarrer Dr. Horst Jesse erschienen bereits mehrere Werke zu theologischen, kirchengeschichtlichen und literarischen Themen, u. a. »Faust in der bildenden Kunst« und »Leben und Wirken des Philipp Melanchthon« bei Literareon.

DU LÄSST DIE ERDE BEBEN | *Kim Johannsen*

du lässt die erde beben – gott –
und schickst uns fluten
lässt berge stürzen
und vulkane toben –

vor dir o gott
sind wir ein nichts
auf dieser welt –
verlorene im all –

der rest – der uns verblieben
noch –
zerstörung – krieg – terror und
tod –
erledigen wir selbst
und ohne dich, o gott –

Kim Johannsen lebt in Hof. Sie arbeitete für eine deutschsprachige Kindersendung des Belgischen Rundfunks. Einige ihrer Gedichte wurden bereits in verschiedenen Anthologien veröffentlicht.

Schwebelosigkeit des
losgelösten Flusses der
Zeithaftigkeit. Ich bewege
mich in Starrbewegungen
weiter.

Der Tanz
beginnt. Irgendwann.
Wahnsinnlosigkeit verrückt
gewordener Norm.

Formlosigkeit meißelt
die Geißelhaft
der Vergangenheit.

Simon M. Jonas wurde 1976 in Innsbruck geboren und studierte u. a. Anglistik und Amerikastudien. Seit 2000 veröffentlicht er regelmäßig Gedichte, Kurzgeschichten, Essays und wissenschaftliche Texte.

Du und Ich | *Renate Josiger*

Ich weiß
Dass ich nichts weiß
Und
Ich weiß
Was du weißt

Ich weiß auch
Was du nicht weißt
Ohne zu wissen weiß ich das

Und
Gemeinsam wissen wir nichts
Und
Meinen doch zu wissen
Ohne
Voneinander
Miteinander
Wissentlich zu wissen

Du
Und
Ich

Renate Josiger, Jahrgang 1984, absolvierte eine Ausbildung zur staatlich anerkannten Sozialassistentin an der Evangelischen Fachschule für Sozialwesen. Heute arbeitet sie als Ergotherapeutin.

Im toten Dunst der Zigarette
erstickt O_2 in meiner Lunge.
Die tausendste, doch nicht die letzte.
Gedanken wollen raus, nur einer.

Der Stuhl schon hart vom Arsch.
Die Augen klein mit mattem Glanz.
Worte wollen fließen, jedoch aufgestaut
im grauen Alltagsdamm.

Ruhe zu finden in der Zeit,
in der alle nur verlangen, keiner gibt.
Will sagen, was ich denke.
Kann nicht fassen meinen Geist.

Wo ist die Quelle der Kraft,
des Glanzes, der Schönheit, der Seele?
Noch ein letztes Bier, vorbei am Spiegel,
seh Augen, brauch nicht mehr fragen.

Philipp Junghans ist 22 Jahre alt und studiert Psychologie an der Universität Potsdam. Seine Leidenschaft für das Schreiben entwickelte sich bei einem Auslandsaufenthalt in den USA.

ANKUNFT | *Joachim Kasch*

Aber der Weg ist lang, im Frühling
an Schlehenbüschen und Apfelblüten
vorbei, am Ufer der bunten Enten
den Sommer entlang,
durch den fallenden Wald, wo Dunkelheit
atmet und kühlt und lauert,
in die Stadt des Winters voran
und zurück, ich bin da
und mit dir
gehe ich nun den Weg

Joachim Kasch, Jahrgang 1940, ist Studienrat im Ruhestand. Er schreibt seit seiner Jugend unterschiedliche literarische Textsorten, Erzählungen, Satiren und Gedichte. Dies ist seine erste Veröffentlichung.

ODE | *Edith Kattner*

Sommer
rot und
blau,
süß
wie Kirschen –
grün
wiegt vor –
Rosenduft
liegt
in der Luft –
ist
wie Musik –
eine Sonate
in Dur
und moll

Edith Kattner wurde 1938 in Berlin geboren. Sie war als Journalistin in Presse und Rundfunk tätig. Einige ihrer Werke wurden bereits in Anthologien veröffentlicht. Außerdem erschienen die Einzelveröffentlichungen »Sonnenstreifen«, »Spuren im Sand«, »Ein Windhauch« und »Den Alltag belauscht«.

ABENDLIED | *Brigitte Kemptner*

Es senken sich die letzten Strahlen
der Sonne über's Häusermeer.
Und in der Dämmerung, der fahlen,
zieh'n dunkle Schatten schon einher.

Die Luft ist kühl, die Bäume rauschen,
gar immerfort ihr altes Lied.
Man muss dem Abendvogel lauschen,
der stetig seine Kreise zieht.

Gar freundlich ist er uns gesonnen,
der Mond, der dort am Himmel steht.
Hat seine Wand'rung nun begonnen,
die um die ganze Erde geht.

Die Grillen zirpen in der Ferne,
und eine Eule klagt ihr Leid.
Am Firmament leuchten die Sterne,
der nächste Morgen ist noch weit.

Brigitte Kemptner wurde 1952 in Hessen geboren, ist verheiratet und hat zwei Töchter. Sie verfasst Kurzprosa und Lyrik seit ihrer Jugend.

Die Brücke (97) | *Franziska Kießling*

Laß uns nachts eine Brücke für unsere Träume bauen
und im Herbst, wenn wir uns trennen, einen versteckten Ort für die
Tränen
Im Sommer ein Haus, das groß genug ist, um darin auch
nebeneinander zu leben
Im Winter rauchen wir am besten beide, damit du mich nicht zu
wärmen brauchst
und bei Regen benutzt du den Schirm
du bist zu schön für mich, wenn du weinst
Im Frühjahr beschwingt dich die Sonne zu Liebenswürdigkeit
und ich werde ihr wie immer erliegen
Wie du ja weißt, ist der Sommer kurz
danach werde ich dich verlassen, wie ich gekommen bin
und endlich wirst du frei sein

Franziska Kießling, geboren 1982 in Leipzig, absolvierte 2001 ihr Abitur in Leipzig und begann ein Studium zur Diplom-Übersetzerin/Dolmetscherin für Spanisch und Französisch. Seit 2004 lebt sie in Berlin.

Zum Frühstück
Nebelsuppe schlürfen
Nebelflut vor junger Sonne
Meergeflüster Herzschlag
WorteWellenWorte

Danach
Anfang und kein Ende
greifendes Licht
schwarzglänzende Wasserlinie
und gurgelnder Schlick
darüber gewichtlose Wolken

Zeit zum
Seemannsknoten lösen
im Kopf
Sand trinken
Piratenwünsche wünschen
schiffbrüchig sein
verschollen

Dann
WellenWellenWellen
und wieder Blau
durchsichtig jetzt
später
Nordseeträumereien
Sternschnuppen schlagen nieder:
Zauberland

Die Werke von Elisabeth C. Klock wurden bereits mehrfach veröffentlicht, u. a. in der Lyrik-Bibliothek von Literareon. Beim Kurzgeschichten-Wettbewerb »peinlich, peinlich!« 2004/05 von Literareon erhielt sie den 3. Preis.

Der Sturm | *Angela Koell*

Unheilvoll, wild und ungezähmt
zerzaust der Sturm mein Haar.
Elementare Kraft, die mich umgibt –
plötzlich wird sie mir gewahr.

Er treibt mich weiter, stößt mich fort,
atme nasse, schwere Luft.
Ich kann nicht reden, kein Laut, kein Wort
und labe mich an des schweren Sturmes Duft.

Pfeifend und tobend braucht er nicht viel,
bin glücklich, wenn er heult und singt.
Ein wundervolles Lebensgefühl,
das der Sturm mir jedesmal aufs Neue gibt.

Angela Koell, Jahrgang 1967, ist DTP-Graphikerin, verheiratet und hat zwei Kinder. Ihre Werke wurden bereits mehrfach in Anthologien veröffentlicht, u. a. in der Lyrik-Bibliothek von Literareon.

Nestflüchter | *Jutta Kopischke*

Es legt die Henne ohne Klage
mit Fleiß bekanntlich alle Tage
in wohlgeformt ovalem Rund
ein Ei auf ihres Nestes Grund.

Voll Stolz lässt sie nun dem Gelege
auch angedeih'n die nöt'ge Pflege,
wobei es den Betrachter deucht,
dass jedes Ei dem andern gleicht.

Jedoch,– und dies ist das Fatale –
ein Exemplar steckt in der Schale
und bildet sich wahrhaftig ein,
das Gelbe nur vom Ei zu sein.

Es stört den Frieden auf der Tenne,
weil's klüger sein will als die Henne.
Das enge Nest behagt ihm nicht.
Kopfüber rollts hinaus – und bricht.

Es hat durch einen Fall wie diesen
das Leben öfter schon bewiesen:
Wie hart auch seine Schale sei,
im Innern ist stets weich das Ei.

Jutta Kopischke, Jahrgang 1944, ist als Pädagogin an einer Chemnitzer Grundschule tätig. Sie ist verwitwet und hat zwei Töchter. Ihre Werke wurden bereits in verschiedenen Anthologien veröffentlicht.

VERGANGEN … | *Nimet Köse*

Vergangen sind die Jahreszeiten
nach dir einen Tag
vielleicht
überhaupt nicht

Nimet Köse, 1956 in Malatya in der Türkei geboren, war als Grundschullehrerin zunächst in ihrer Heimat, später in Düsseldorf tätig.

Schließt nicht meine Augen,
Ihr riesigen Hände!
Mein Aufbegehren wächst
Mit der Finsternis.
Ist es nicht zu früh für die Finsternis?
Mein Hunger nach Licht
Ist nicht zu stillen.
Ich will sehen,
Fesselt mir die Hände nicht,
Ihr erbarmungslosen Ketten!
Ich werde um mich schlagen,
Auch wenn ihr die Kraft mir nehmt.
Meine Hände wollen greifen
Nach dem Glück,
Schlagt sie nicht.
Die alte Wunde blutet
Von erbarmungslosen Schlägen.
Unendlich wird
Meine Blutleere sein,
Wie meine Sehnsucht nach dem Leben.
Brecht mir meine Zweige nicht,
Die mit Mühe wachsen.
Mein Wunsch zu wachsen ist ewig,
Dem Glück zu eigen.

Mit Schlägen könnt ihr
Meine Hoffnungszweige
Nicht zum Verdorren bringen.
Ein Leben lang
Hinter den Gittern
Aus riesigen Fingern,
Unter dem Joch der erbarmungslosen Ketten
Mit meinen Zweigen,
Die mit Mühe wachsen,
Werde ich glücklich sein,
Ihr werdet sehen.

Kiymet Köse-Kummer wurde 1950 in Malatya im Osten der Türkei geboren und war dort als Lehrerin tätig. Seit 1973 lebt sie in Deutschland. Zwei ihrer Gedichtbände erschienen bereits in der Türkei.

eng geschaffen
Enge (ist der) Namensraum
Vorname der Weite
Schöpfung
Welt
Menschenzeit
denkend teilen, zerschneiden, zerreißen
gehend denken Stück für Stück, entzwei, entzwei schreiben
Haare, Haut, Fleisch, Innereien, Knochen, Mark
Mark und Gehirn
ragt über den Kopf hinaus
wie ein Geweih
unsere Äste
die in uns
an uns
von uns
hinaus reichen
in die Weite
weit

Andreas Kothe, 1963 in Bremen geboren, schreibt seit seinem 13. Lebensjahr. Er ist Marktverkäufer im Bereich Naturkost, Putzmann, Mitbegründer des Braunschweiger Vereins »Mehr als Alles-SKV« und Mitglied der Literaturgruppe des Braunschweiger Friedenszentrums.

Der Himmel wird hell! | *Isabel Kowol*

Die Länder sind leer,
sie sagen nichts aus.
Der Himmel ist grau,
die Sonne kommt nicht mehr raus.
Der Boden ist fest,
es wächst nichts mehr drauf.
Das Wasser ist schwarz,
kein Boot schippert da noch hinaus.

Und ich hoffe, es hört auf!

Denn die Länder müssen voll sein,
dann sagen sie was aus.
Der Himmel muss hell sein,
dann kommt die Sonne raus.
Der Boden muss locker sein,
dann kann was gedeihn.
Das Wasser muss hell sein.

Ja, so muss die Welt sein!

Isabel Kowol ist 1990 ist Leipzig geboren und Schülerin.

Für Jan,

der in seiner Rebellen-Höhle lebt,
verschlafen, kritisch, liebenswert.
Du bist auf der Suche, lässt Dich treiben.
Weißt nicht, auf welchem Weg
Du Deinen Posten verlassen sollst.
Kompromisse bedeuten Verrat –
verdammst Du manchmal Deine Intelligenz?
Dagegen sein ist eine Wohltat,
und Du genießt es,
mit Deiner ganz eigenen Musik …

Andrea

Andrea Kramer, 1971 geboren, ist gelernte Fremdsprachenkorrespondentin und Publizistin. Sie lebt in Dortmund.

Traumfahrt | *Mona Krassu*

Ein Boot so einsam,
sich auf dem Meer die Zeit zerfuhr.
Der Fischer träumt vom großen Fang.
Der Steuermann, der träumt nicht mehr.
Der blickt den Möwen nach.
Hört nachts noch deren Schrei voll Gier.
Und wünscht, sie wären weiße Tauben.

Mona Krassu wurde 1969 im Thüringischen Weida geboren. Sie ist Büroangestellte und lebt in Gera.

fliederfarben
wiegt sich leichtigkeit
in deinem tuch

im süßen windhauch
baumeln beine
und nackte füße
die seide
berühren

fliederfarben
fallen blütenblätter

finger graben sich
in rieselnden
sand

(für Tina Oertel)

Mandy Kritz, geboren 1985 in Karl-Marx-Stadt, ist Studentin. Einige ihrer Kurztexte wurden bereits in Anthologien veröffentlicht, u. a. in der Anthologie des Kurzgeschichtenwettbewerbs »dazwischen« von Literareon. Sie ist Herausgeberin der Literaturzeitschrift »Facettentanz«.

Bilder von dir | *Christian Krüger*

Auf den Fotos kann ich dich sehen.
Dein Funkeln in den Augen wird zu mir übergehen.
Dich und dein süßes Lachen,
und in deinen Wangen dieses knackige Erwachen.
Ich weiß noch, wie wir zuletzt gesprochen haben,
küssten, kuschelten und uns die Treue gaben.
Wir umarmten uns am Schluss so sehr.
Ich vermisse dich, komm wieder zurück zu mir.

Christian Krügers Werke wurden bereits in den vorangegangenen Bänden der Lyrik-Bibliothek veröffentlicht. Bei Literareon erschienen zudem seine beiden Gedichtbände »Das Leben ist eine Achterbahn« und »Im Strudel des Lebens«.

Ein Blatt, ein Halm, ein Wiesenmeer,
ein neuer Tag, was will man mehr.
Gedeckt mit neuem Tau,
so sorgenlos, schau, schau.

Das Blatt, der Halm, das Wiesenmeer
wäscht sich im Tau die Seele leer.
Der Tau, so friedlich, klar und rein,
ach, könnt' er doch mein Wäscher sein.

Ein Blatt, ein Halm, ein Wiesenmeer,
glücklich, wenn ich eins von ihnen wär'.
So hätt' ich denn am neuen Morgen
vergessen längst der alten Sorgen.

Das Blatt, der Halm, das Wiesenmeer,
sie kennen nicht des Lebens Teer.
So will ich sein, was morgen noch nicht ist,
um mich zu entschweren meiner Pflicht.

Ein Blatt, ein Halm, ein Wiesenmeer
machen mir die Liebe schwer.
So kann ich hassen nun ganz leicht,
was mir das Gehirn erweicht.

Das Blatt, der Halm, das Wiesenmeer,
sie kennen nicht das Trauerheer.
Weil sie das Glück nicht kennen müssen,
mit dem sie jeden Tag den Tau zerküssen.

Der Tau, so rein und klar,
ach, wär' ich doch, was am Morgen er gebar.
So blind und stumm und taub,
doch trotzdem meiner Sinne nicht beraubt.

Ihr Blätter, Halme, Wiesenmeere,
ich hasse euch für eure Leere.
Weil ich nie werd', was ihr längst seid,
und fern bleib' meines Friedensleid.

Kein Blatt, kein Halm, keine Wiesenmeere,
so trag ich taulos meine Schwere.
Jeden Morgen Stück für Stück,
erfind' ich mir mein taulos Glück.

Doch eines Tages küsst auch mich der Tau
und löst mir meiner Seele Stau.
Dann werd' ich, was ich so verehre,
zum Blatt, zum Halm, zum Wiesenmeere.

Steffen Krusche wurde 1975 in Merseburg geboren. Er lebt in Leipzig und holt zur Zeit sein Abitur an einem Abendgymnasium nach.

Flughafen Narita, Tokio | *Tania Kummer*

Narita
ist kein artiges Mädel
mit zwei Zöpfen
das gerne einen rosa Hut hätte

Narita
spiegelt sich stolz im Kerosin
ist dominant und treibt Schweiss
lässt Barfüsse am Teer kleben

Narita
Katzen haben Batterien im Bauch
schnurren wenn man klatscht
so kann man sagen

Narita
ist ungepflegt und seelenlos
die Narben sind gleichförmige
asiatische Gesichter

Stop-Over nennt man
Narita
manchmal
wie eine in die Jahre Gekommene
die kurz bevor ihre Attraktivität zerbricht

liebt was ihr zwischen die Beine kommt

Tania Kummer, Jahrgang 1976, lebt in Zürich und ist Redakteurin beim Schweizer Fernsehen DRS. Es erschienen bereits zwei Lyrik-Bände von ihr. Außerdem ist sie Mitglied im Autorenverband der Schweiz und eines Leseduos (seit 2003 auf Tour).

Gute Nacht | *Marcel Kurzidim*

Die Sonne geht unter.
Die Sonne ging unter.
Und wir sind immer noch munter.
Und wir waren immer noch munter.

Denn Müdigkeit
macht sich breit.
Der Geist des Schlafes wandelt
und handelt
bald – jetzt!

Und weil schon lang die Sternlein funkeln,
und weil schon lang der Monde lacht,
wir sitzen lange schon im Dunkeln,
drum sagt euch nun 'ne gute Nacht,
dass ihr mit frischer Kraft erwacht!

Marcel Kurzidim, Jahrgang 1990, lebt abwechselnd in Doberschütz bei Leipzig und in einem Internat in Meißen und verfasst seit zwei Jahren Lyrik und Kurzprosa.

Cerealien (Zyklus Brücke der Liebe Nr. 10) |
Thomas Laessing

Wenngleich das weite Feld der Cerealien
Verlockend bunt bestellt der Ernte harrt
Des hungrigen Mannes
So hat einer doch gern
Sein klar umzäuntes Stück
Mit den erreichbaren
Apfelbäumen

Thomas Laessing lebt und arbeitet als Schriftsteller und Autodidakt in der Westpfalz. Einige seiner Kurzgeschichten und Gedichte wurden bereits in Anthologien und Internet-Literaturplattformen veröffentlicht, vorrangig im Zusammenhang mit Literaturwettbewerben. 2004 erhielt er den 4. Preis des Literaturwettbewerbs der Kreisvolkshochschule Südwestpfalz.

Ohne Titel | *Margitta Lambert*

abends
selten kreuzen
sich unsere Blicke
dann wie Klingen
ganz in Gedanken
weiße Blätter
unsere Gespräche
druckreif
und wieder nichts
von der Seele geschrieben
wie ich geschlafen habe
besonders kaum
und entzwei
und bin jeden Morgen
zwischen HERZ und LOS

Dr. Margitta Lambert, Jahrgang 1945, lebt als Linguistin in Hamburg und ist seit vielen Jahren Autorin für Lyrik, Kurzprosa und Essays. Einige ihrer Werke erschienen in Anthologien und Literaturzeitschriften.

Regen | *Christine Lamm*

Regentropfen,
dick und nass,
beschlagen das Fenster
in monotonem Takt.

Ich schaue hinaus,
verloren in Gedanken,
und erkenne ein Muster,
geheimnisvoll verwoben.

Sekunde um Sekunde
entlädt sich der Guss,
verbreitet eine Trauerstimmung –
so auch bei mir.

Der Regen sagt »Hallo« –
fast hämisch lächelnd;
er hat mich im Griff
und lässt mir keine Chance.

Ich kann nicht mehr lächeln.

Christine Lamm, 1988 in Wriezen geboren, ist Schülerin der Landesschule Pforta, einem Internat in Sachsen-Anhalt.

Ewigkeit | *Danny Lämmerhirt*

Nichts ist für ewig, nichts hält für immer
– da nützt auch kein Gewimmer.
Irgendwann schlägt für alles die letzte Stunde,
alles geht unaufhaltsam zu Grunde.
Selbst die Liebe ist nicht von Dauer,
der Tod liegt überall auf der Lauer.
Alles welkt, alles zerfällt
– das ist der verdammte Lauf unserer Welt.
Was übrig bleibt, ist Trauer und Schmerz
– und ein gebrochenes Herz.
Kann nicht begreifen, nicht verstehen
– wieso nur muss alles vergehen?
Kann wirklich nichts ewig währen?
Kann ich mich gegen diesen Lauf nicht wehren?

Danny Lämmerhirt, geboren 1985 in Plauen, absolvierte 2004 das Abitur. Gerade leistet er seinen Zivildienst in einer Behindertenwerkstatt ab und wird demnächst eine Lehre als Bankkaufmann beginnen.

WELTANSCHAUUNG | *Jochen Langkabel*

Ein Lehrbeispiel der Weltanschauung
differenzierter Qualität
ist explizit die Hangbebauung,
bei der es Menschen darum geht,
in Gottes Landen wohlbestellt
bevorzugt sich ihr Haus zu bauen,
um einen Teilaspekt der Welt
aus ihren Winkeln anzuschauen.

Bergaufwärts in den ersten Reihen
kann diese Absicht wohl gedeihen!
Darüber steigend ginge heiter
sogar die Weltanschauung weiter,
wenn Menschen nicht in Höhen strebten,
die tief im Tal weit besser lebten,
die höher wollen, doch kaum könnend
und anderen den Platz nicht gönnend,
allein um selber mehr zu sehen,
sich über Sehende erhöhen
und darum nun verkrampft sich drängen
in dritten, vierten, fünften Rängen,
sich duckend hinter Mauern zwängen,
die ihnen ihre Sicht einengen
und voll des Neids verhärmt nun lugen
durch Ritzen, Spalten, Lücken, Fugen
zum Tal aus ihrer Schattenqual,
um mal zu schau'n den Sonnenstrahl. –

Nur wer aus eigenem Vermögen
sich nachziehend nach oben schaut,
sein Haus der Allmacht näher baut,
den anderen weit überlegen …
nur den am Gipfel Stehenden,
weit über dieser Erde Dunst –
beglückt des Weltenschöpfers Gunst
als Ahnenden und Sehenden!

Dr. Jochen Langkabel, Jahrgang 1928, ist seit seiner Pensionierung 1993 unter anderem schriftstellerisch tätig. Von ihm erschienen bereits drei eigene Bücher und zahlreiche Werke in Anthologien, u. a. in der Lyrik-Bibliothek von Literareon.

Verwehte Spuren | *Elga Lappöhn*

In feuchten Sand geschrieben,
hält ewiglich kein Wort.
Vom Schwur, dass wir uns lieben,
nichts ist von ihm geblieben,
die Flut nahm alles fort.

Und Töne klingen leise
in einem Niemandsland.
Wort, das du mir gegeben,
ich sei dein ganzes Leben,
im Wind es schnell verschwand.

Im Traum sah ich dich wieder,
es gab nicht Raum noch Zeit.
Als ich daraus erwachte
und deiner nur gedachte,
fühlt' ich Vergänglichkeit.

Elga Lappöhn war bis 2004 Schriftführerin der Gruppe Literarische Werkstatt e. V. Herne. Ihre Werke wurden bereits in Anthologien veröffentlicht, u. a. in der Lyrik-Bibliothek von Literareon. Außerdem erschien 2001 der Band »Die andere Seite ›Heiteres und Besinnliches‹«.

Wenn ich zu Herbstzeiten
auf einen Berg
krieche
mit schwerlidrigen Augen
den Himmel
nach Wolkenschatten
abtaste
und meine wagemutigen Schreie
in die Langeweile der Ebene
rollen
dorthin wo der Fluss
Mäandermuster
in blassen Wohlstand
kerbte
dann kann es Zeit werden
im Schutz der Baumdächer
deren Blättergeflecht bald ausdünnt
aus meiner Tasche
all die Träume zu ziehen
die ich nie von mir wegziehen ließ.

Wiete Lenk, Jahrgang 1956, war vor dem BWL-Studium als Stewardess tätig. Heute ist sie verheiratet, hat zwei Kinder, lebt in Dresden und ist Bilanzbuchhalterin. Sie schreibt Kurzprosa und Lyrik, war Mitglied einer Dresdner Literaturgruppe und vieler Schreibwerkstätten und wurde 2004 mit einem Literaturpreis ausgezeichnet.

Echte Freundschaft | *Larry P. Lenz*

»Mit dir streite ich am liebsten«,
sagte schon Obelix
zu seinem Freund Asterix

Streit in einer Beziehung
kommt häufig vor
und endet meist mit den Worten
»Ich mach mit dir Schluss!«

»Echte Freundschaft«
zeichnet sich dadurch aus,
dass man sich streiten kann.

Larry P. Lenz, Jahrgang 1981, lebt in Grafrath bei München. Nach bestandenem Quali war er fünf Jahre lang freier Mitarbeiter der Süddeutschen Zeitung Fürstenfeldbruck; zur Zeit absolviert er eine Ausbildung zum Bürokaufmann. Seine Gedichte erschienen bereits in verschiedenen Tageszeitungen. Außerdem stellt er sie regelmäßig bei Lesungen des Dichtervereins Iskra und des Künstlervereins Subkultur einer breiten Öffentlichkeit vor.

ein see, eingebettet
in lichtem grün von
strauchwerk und gräsern.
ein bächlein, gluckernd
sich schlängelnd durch
die saftige wiese.
ein wasserlauf, träge
dahinziehend zwischen
wald und feld,
fließend, ohne anfang
und ende. wasser,
gefühlvoll unsere
sinne erfassend,
um energie zu geben.
unendlich viele tropfen,
leicht und schwer,
kühlend und kraftvoll,
tragend, beruhigend,
plätschernd, lebendig,
aufmunternd, in bewegung
oder ganz ruhig.

Klaus-Peter Leopoldt, geboren 1947 in Goslar, ist Diplom-Psychologe und schreibt seit drei Jahren Gedichte. Eines seiner Gedichte wurde bereits in der Anthologie »Weihnachtsgeschichten am Kamin« veröffentlicht.

Ach, war es nur ein Traum
in jener Mondscheinnacht:
die kleine Bank am Lindenbaum,
die grüne Blätterpracht.

Das lockend rote Lippenpaar
mir fordernd zugewandt,
und Sternenlicht in ihrem Haar,
ein Blütenblatt als Liebespfand.

Und »ewig« hattest du gesagt,
wir glaubten beide diesem Wort.
Doch keinen haben wir gefragt:
heißt ewig »immerfort«?

War es denn wirklich nur ein Traum
in jener Mondscheinnacht?
Die kleine Bank am Lindenbaum,
die grüne Blätterpracht?

Gesprochne Worte längst verflogen,
das Goldhaar nun grau und matt,
am Lindenbaum ein Regenbogen:
Du fragst nicht nach dem Blütenblatt.

Gert Linck gehört zur Kriegsgeneration, wurde in Berlin geboren und war bei der Luftwaffe tätig. Als Zeitzeuge verfasste er schon frühzeitig Gedichte und autobiographische Kurzgeschichten. Ab 1974 arbeitete er als Journalist bei verschiedenen Zeitschriften und Tageszeitungen. An belletristischen Arbeiten erschien bereits der Band »Circulus Vitiosus«. Heute lebt Gert Linck mit seiner Ehefrau in einem kleinen Ort in Ostwestfalen-Lippe.

Der Mond schien auf die düstere Wiese am Moor,
umgeben von schwarzen Bäumen, am Waldesrand.
Den zwei Menschen, die am Ufer warteten, fror.

Der Mann, von offenbar hohem Stand
spähte über das sumpfige Land, als ihn ein vermeintliches Lichtlein narrte.
Er hielt einen groben Strick mit eisernem Griff in der linken Hand.

Die Frau, die neben ihm mit gesenktem Kopfe ihres Schicksals harrte,
zerrte nicht mehr an dem festen Seile, welches sie an des Mannes Handgelenk band.

Plötzlich, als zum bestimmten Zeichen sich die Wolken verzogen
und der Mond in seiner vollen Pracht am dunklen Himmel stand,
stieß der Mann ihr die Faust in den Rücken, zum Moor hin, um sie hinein zu stoßen.

Da sprang aus dem Moore ein teuflisch Ungetüm mit weit geöffnetem Rachen,
und stürzte sich brüllend nach dem Manne, der schrie, als es ihm die Frau entwand.
Die zitternde Frau, vom Wasser benetzt, sah, wie das Scheusal laut lachend
mitsamt dem Manne im dunklen Gewässer verschwand.

Katja Linde wurde 1990 in Jena geboren und ist Schülerin. In ihrer Freizeit schreibt sie Gedichte und Geschichten.

Die Vergänglichkeit frisst am Gemäuer,
das ihr trotzt in stolzer Missachtung.

All der Prunk hinter bröckelndem Putz,
der Genuss auf schwankendem Boden,
die Musik und die Maske, das Spiel
und die Wahrheit, der Terror, der Tod
sind Vergehen, verschlungen im Sein.

Eine Insel schenkt Ruhe den Toten.

Uta B. Lindenmeyer, Jahrgang 1940, hat als Lehrerin Deutsch, Englisch und Musik unterrichtet. Bei Literareon erschien ihr Gedichtband »Der Baum im Herzen«.

abgeschnitten
leben
noch immer
schmerz
im nichts
phantome
nur
du fehlst

Bärbel Maiberger, Jahrgang 1954, ist verheiratet, hat drei Kinder und ist Lehrerin an einer Sprachenschule. Ihre Lyrik und Kurzprosa wurde bereits in verschiedenen Anthologien und Literaturzeitschriften veröffentlicht.

Die Feuer sind erloschen | *Margit Mallwitz*

Verharre
nicht und denke,
dass sich's aufs Neue
neu erklären ließe.

Die Feuer sind erloschen.

Und Holz,
die Nahrung und das Schicksal
jener Glut,
liegt aufgetürmt zu Asche
dir am Wege.

So frage nicht,
ob Schuld, ob Schickung
dir geworden, –
sei willig zum Verzicht
und ordne Dunkles Dunklem zu.

Margit Mallwitz, geboren in Leipzig, lebt und arbeitet im Raum München, wo sie als Malerin und Bildhauerin tätig ist. Darüber hinaus arbeitet sie als Autorin und schreibt Kurzgeschichten und Lyrik. In der Lyrik-Bibliothek I von Literareon war sie einer der drei Preisträger.

TROTZDEM | *Karin Manke*

Ich trotze dem Zweifel entgegen,
dem »Das geht nicht!«
werfe ich mein »Doch!« zurück.
Und wenn sie recht behalten sollten,
die mich erinnerten und ermahnten,
der Zweifel Sieger wurde,
schmeiß ich noch der Niederlage
mein »Trotzdem!« nach.
Ich werde es überstehen
und von Neuem beginnen.

Karin Manke ist beratende Autorin und lebt in Schönefeld.

Saß am Feuer
Sah, wie die Funken sprühten
Während meine Hände verglühten
Ich wollte sie dir reichen
Nicht von deiner Seite weichen

Wolltest meine Hilfe nicht behalten
Ohne mich dein Leben neu gestalten
Konntest mich nicht verstehen
Wolltest nur von mir gehen

Das Feuer brannte weiter
Immer höher schlugen die Flammen
In dem Leuchten der Farben erwachte ein Licht
Nicht heiß, nicht kalt
Es leuchtete in den dunklen verbrannten Wald

Ließ Tränen auferstehen
Dein Gesicht verwehen
Es heilte meine Hände
Ohne Verbände

Sie waren weich wie Samt
Ich saß am Feuer
Um mich alles verbrannt
Blickte ich auf
War es dunkel
Lächelte kurz

War es wieder da, das Funkeln
Heller als Sonnenlicht
Stärker als Wind, der Wellen bricht
Geschmeidiger als Tigeraugen
Ohne nachzudenken
Konnte ich ihm vertrauen

Simone Martinz lebt in St. Gertraud, Österreich.

Abenddämmerung.
Grell erleuchteter Bahnhof;
geräuschvoll, quietschend,
gebremst einfahrend Züge.
Reisende gehetzt.
Dumpfer Geruch überall;
Zigarettenrauch,
abgestandener Kaffee.
Ein Mosaik von
ausgespucktem Kaugummi.
Schattengestalten,
halb dösend oder bettelnd,
immer auf der Flucht,
sobald Polizei auftaucht.
Ewiger Durchzug
in den Unterführungen.
Wie aus ferner Welt
schluchzend schmachtende Geigen,
bizarre Lieder
aus einer anderen Welt
bringen ab und zu
ein paar Münzen in den Hut;
für eine Mahlzeit?
Drogen, Alkohol, ein Bett?
Unberührt davon
Gedränge, Gesprächsfetzen,
hastiger letzter
Blick auf die Uhr, den Fahrplan.

Nervöses Geschrei
übermüdeter Kinder.
Zurückbleibende;
ein letzter Kuss, ein Winken
hinter den Fenstern,
die man nicht mehr öffnen kann.
Ausfahrender Zug.

Elisabeth Mascheroni lebt in Wisen in der Schweiz. Sie verfasst seit vielen Jahren Gedichte und arbeitet derzeit an ihrem ersten Roman.

Tränen, die niemand weint | *Ina May*

Tränen, die niemand weint,
Zweisamkeit, die nicht vereint,
Wärme, die gefangen macht,
Glück, das nicht lacht.

Sanftheit, deren Spur sichtbar bleibt,
Kummer, der ins Gesicht sich schreibt,
Unruhe, die in der Seele lebt,
Lüge, die nach Wahrheit strebt.

Luft, die atemlos ist,
Schönheit, die das Herz vergisst,
Offenheit, die keiner will,
Hass, der blank ist und still.

Ina May ist 1972 in Kempten im Allgäu geboren und nun seit vielen Jahren im Chiemgau zuhause. Dort arbeitet sie freiberuflich als Fremdsprachen- und Handelskorrespondentin.

Wortlos legt sich Deine Sanftheit
auf mein Gemüt
in der Tiefe des wachsenden Vertrauens
geht eine Tür auf
zwischen dem Du und dem Ich
auf der Reise ins Glück
suche ich tausend Wege
schleiche mich in Dich hinein
und mit dem Mantel Deiner Zärtlichkeit
hüllst Du mich ein.
Spürst Du den Atem der Nacht?
Ihren ganz besonderen Glanz?
Tausend kleine Tode
jagen in uns wild
Du ertrinkst in meinen Augen
und ich ertrink in Dir
belegst mich mit einem Bann der Liebe
ein Geschenk der Endlosigkeit
und erst am nächsten Morgen
küsse ich die goldene Spur
von Sternenstaub
fort von Deiner Haut.

Erika Mehnert, Jahrgang 1955, ist gelernte Papiermacherin, Erzieherin und Kinderkrankenschwester. Eines ihrer Gedichte wurde bereits in der Lyrik-Bibliothek II von Literareon veröffentlicht.

Abschied | *Hergen Meiners*

Leuchtend lodert des Lebens Licht.
Der Seele Glück sich in der Sonne bricht.
Gedanken gaukeln gleich zur Freiheit,
sich labt die Liebe am Quell der Ewigkeit.

Wo Hände einander sich still ergreifen,
Augenpaare ängstlich ahnend verweilen,
wo Menschenherzen hehr und hold entgleiten,
da wird die Zeit zum Raum sich neigen.

...

Langsam lodert des Lebens Licht,
der Seele Glück im Nichts sich bricht.
Gedanken taumeln trotzig ins Vergessen,
der Liebe Lust scheint vermessen.

Wo Hände einander still sich hielten,
sich Augenpaare nun im Dunkeln wähnen,
wo Menschenherzen matt sich fühlen,
– da wird der Raum die Zeit lähmen.

Hergen Meiners lebt in Hannover. Bei Literareon erscheint in Kürze sein Buch »Schwanengesang«.

Froh schien sie mir zu sein
Sie hielt mein Herz in ihrer Hand
Schlafend in meinen Armen liegt sie mein
Gehüllt in leichtes Gewand
Einen Kuß bekam ich noch von ihr
Nur einen
Bevor sie im Morgengrauen verschwand

Sie war gegangen hinfort
Die einstige Kraft des starken Mannes schwand
An einen unbekannten Ort

Lange trage ich tiefe Wunden
Doch ich versüßte mir die Zeit
War glücklich gar manche Stunden
Niemand hat mich je davon befreit

Bis sie wiederkehrte
Umhüllt von seidenem Kleid
Und überzeugt von anderem Werte

Mein Leben, nun erfüllt von Glück
Mit Blick auf kleine Dinge
Manches währt nur einen Augenblick
Noch bevor ich vor Sehnsucht zerspringe

Mein Herz hielt sie wieder in ihrer Hand
Diesmal für ewig und länger
Wir ließen uns ein, ganz ohne Verstand
Die Liebe ist emotional, wenig laut
Und steckt doch voller Klänge

Jürgen Meisl-Westernhagen, Jahrgang 1983, war seit 2003 im Hotel Le Meridien München im Bankett-Service tätig; nun arbeitet er als Chef de Rang im Restaurant Villa Flora in München. Er schreibt Lyrik, Kurzprosa und Songtexte.

Unterm Flusswasser | *Karola Meling*

Kaum dass der Morgen schwarz anbricht
Schwimmen über mir die Trauerschwäne
Denn ich liege wie aufgebahrt unterm Flusswasser
Seitdem sich Algen und Farne mit meinem Leib verschwistert haben

Der Sturmtaucher sticht mit dem Sichelschnabel
Meine milchigen Augäpfel heraus
Während mich die Schwimmblätter der Hydrophyten
An Händen und Füßen fesseln
Sich Quellmoos mit meinem Rücken verklettet
Und die Miesmuschel in meinem Mund ihre Höhle einrichtet

Die Trauerschwäne aber schwimmen über mir
Bis ich gesplittert auf dem Wasserspiegel erschein
Als könnt ich noch vom Grund auftauchen
Für einen Augenblick Leben

Dr. Karola Meling ist Lehrerin, veröffentlichte Gedichte in Anthologien und hat mehrere Preise bei Lyrik-Wettbewerben gewonnen.

TIERHAUT | *Britt Moulien*

Der Trommler mit zuckenden
Augenbrauen wie Amselflügel
spannt die Lippen straff über Zähne
baumfällende Töne
schwingender Tierhäute
vibrieren in Eingeweiden
aus Eisen, gedrungene Tonnen
dem nackten Tier
ist diese Sprache so fremd

Britt Moulien wurde 1966 in Rottweil als Kind deutsch-französischer Eltern geboren. Nach dem Abitur 1985 in Buc/Frankreich folgte 1988 das Diplôme d'études francaises/option littérature, parallel zur Arbeit als Fotoassistentin. Von 1989–1992 absolvierte sie eine Ausbildung zur Fotografin in einem Fotostudio für Bühne und Werbung. Seit 1994 arbeitet Britt Moulien als freiberufliche Fotografin in Stuttgart. 2004 erschien eines ihrer Werke in einer Gedichtanthologie.

PARADIESVOGEL | *Ingrid Müller*

farbenfeuer, glitterzauber
bunte maskerade
zwitschertöne, walzertakt

fremde federn
schweben, durchtanzen
lange nacht

Ingrid Müller, vor 50 Jahren in Köln geboren, ist Diplom-Betriebswirtin mit Schwerpunkt Controlling. Seit nunmehr 20 Jahren lebt sie mit ihrer Familie im Bergischen Land. 2004 erschien ihr Werk »Kröten Wanderung«.

Du ziehst dich aus | *Daniel Mylow*

Du ziehst dich aus
dein Körper stand unberührt
in den Kleidern
Du verliebst dich
in das
was du vergessen wolltest
Eine gelbe Herbstsonne
schimmert
auf den leeren Bänken
der blaue Wind
flüstert
in deinen Kleidern
Im gemieteten Zimmer
faltest du die Schattenhäute
einsamer Männer
ihren rauchigen Duft
verwandelst du
in schwarze Tinte
mit ihr
schickst du Briefe
in die bewohnte Welt

Daniel Mylow ist Lehrer. Seine Werke wurden bereits mehrfach in Anthologien veröffentlicht, u. a. bei Literareon in /kladde.auf/die.reihe/ Band 6 und 7 und in der Lyrik-Bibliothek. Außerdem erschienen zwei Erzählbände.

In meiner milchfrischen Unschuld
war ich zu allen Jahreszeiten leicht
wie gründuftiger Sommerwind
mir fehlten noch die Worte
das Dunkel zu benennen das
ich ahnte – doch ich fühlte
mich der Dämmerung immer verpflichteter
als dem ausgewrungenen Tag

Ich war ein sommerliches Lächeln
das in fremden Augen brannte
ich war wie eine abendliche Brise
die begierige Haut ableckte und verbrühte
ich war all das und ein rostiger Nagel
in kinderlieben Träumen
ohne es zu wissen
ohne es zu ahnen

So zog ich als apfelduftender Sturm
durch meine Kindheit
bis die milchfrische Unschuld
unter fremden Händen und in
saugenden Mündern versäuerte
und der Sturm meiner Kindheit
sein Grab am Ende der Welt suchte
um sich zusammenzurollen
und zu vergehen

Peter Nathschläger lebt in Wien. Von ihm wurden bereits zwei Romane und ein Gedichtband publiziert. Einige seiner Werke erschienen außerdem in Anthologien und Literaturzeitschriften.

FRÜHLING | *David Ness*

An einem Frühlingsabend
ging ich den Park entlang,
da saß ein junges Pärchen
verliebt auf einer Bank.

Wir saßen damals auch so,
flüsternd Arm in Arm,
da heulten die Sirenen
schon wieder Nachtalarm.

Die Nächte sind vorüber,
die Zeiten sind vorbei,
und ihr erlebt im Frieden
die Liebe und den Mai.

David Ness wurde 1927 in Gr. Sakrau in Ostpreußen geboren. Nach dem Krieg war er in der Landwirtschaft beschäftigt. Seit 1990 ist er Rentner.

Brennpunkt – Europa,
Deutschland – Ex-Star,
Seifenblasen – wunderbar,
Zukunft – unklar,
Menschen – arbeitslos,
Politiker – planlos,
Angst – riesengroß,
Welt – trostlos.

Marcus Nickel, Jahrgang 1976, ist gelernter Großhandelskaufmann und zur Zeit Student der »Technischen Redaktion« an der Fachhochschule Karlsruhe. Seit 1995 ist er zudem schriftstellerisch tätig. Einige seiner Werke wurden in verschiedenen Anthologien veröffentlicht. 2005 erschien sein Gedichtband »4« bei Literareon.

Der Mann, der alles schonen wollte | *Rolf Nünninghoff*

Sein Fahrrad hat er stets geputzt.
Er hat es möglichst nie benutzt.
Er schonte, was er liebte,
doch was ihn so betrübte:
Die Liebste hatte sich bei Nacht,
weil unbenutzt, davongemacht
zu einem, der dort wohnte
und der sie garnicht schonte.

Dr. Rolf Nünninghoff, Jahrgang 1917, ist Arzt. Seine Werke wurden bereits mehrfach veröffentlicht, bei Literareon in /kladde.auf/die.reihe/ Band 7 und in der Lyrik-Bibliothek.

Wolkenland | *Manuela Pallas*

Ich sehe in den Himmel,
wo viele Wolken schweben,
am liebsten möchte ich gleich selber mit abheben.
Eines bräuchte man, eines nur,
Flügel so pur in pur,
in rosa oder weiß schimmernd, die in der Sonne flimmernd,
täten sein, wie ein Engel so fein.

Man müßte auf ihnen gehen,
vieles vom Himmel aus sehen,
was in der Welt vor sich geht,
aber man doch selber auf Wolken steht.

Wie sie ziehen am Himmelszelt,
über die große weite Welt.
Wie sie überall schweben
und viele dabei zum Denken anregen,
so klar und so fein,
oder so rein wie das Herz eines Engelein.

Wolken am Horizont, auf ihnen gehen und darauf leben,
doch leider war alles nur ein schöner Traum gewesen.

Schlußwort:
Durch die Wolken fasziniert,
wurde ich zu diesem Gedicht inspiriert.

Manuela Pallas ist 17 Jahre alt und lebt in Görlitz. Seit ihrer Kindheit verfasst sie Gedichte.

hin- und hergeworfen
von den Stunden
rutsche ich
auf den Minuten aus

verschmelze
mit den Sekunden
und huste
Zeiger aus

die Zeit
fährt mir in die Glieder
hinterläßt
durchlöcherte Haut

auf den Narben
tanzt
das Uhrmännchen
seinen Reigen

Angelika Pauly, Jahrgang 1950, ist Schriftsetzerin und studierte Mathematik. Ihre Kurzgeschichten und Gedichte wurden bereits in verschiedenen Anthologien, Literaturzeitschriften und im Rundfunk veröffentlicht. Im März 2004 erschien ihr Buch »Kieselsteine – ein Lebensbuch«, 2005 »Wanderstedt – Ansichten einer Seelenstadt«.

Herzeleid | *Christine Peter*

Du warst mein erster Mann
und auch einziger Mann.
Bist es auch geblieben,
als Du mich von Dir getrieben.
Ich sah keinen anderen mehr an.

All die vielen Jahre, sie verrannen im Sand.
All die vielen Jahre, wo mich keiner nahm an die Hand.
Deine seelische Grausamkeit hat alles zerstört.
Deine gemeinen Worte blieben bei mir nicht ungehört.
Wer gibt mir das Vertrauen in die Liebe zurück?

Ich habe Angst davor, einen neuen Mann zu treffen,
und sehne mich doch so sehr danach.
Ich habe Angst davor, wieder zu hoffen.
Ich habe Angst davor, wieder jemand zu lieben,
mir ist doch nur die Enttäuschung geblieben.

Christine Peter ist freiberuflich als Lyrikerin, Schriftstellerin und Schauspielerin tätig. Bei mehreren Schreibwettbewerben belegte sie einen der ersten Plätze. Einige ihrer Werke wurden bereits in Anthologien veröffentlicht.

MOND | *Marie Petermann*

Manchmal zwingt mich der Tag
die Nacht zu lieben
zu lesen im Buch des Sternenhimmels
auf der Suche nach einem Licht
was mir die Dunkelheit verdrängt
und mir die Sinne klärt
ein Licht wie ein Sonnenstrahl
der blitzend durch das Fenster strahlt
und mir ins Ohr liebliche Melodien flüstert
Ich suche also im dunklen Grund
die Helligkeit, ein Wort, ein Schein
und finde dich
der das samtige Dunkle
mit Dämmerlicht erhellt
Ist die Sonne blutig untergegangen
Kommst du, der Mond
und zeigst mir die Stärke der Dunkelheit

Marie Petermann, 1984 in Gera geboren, absolvierte vor zwei Jahren ihr Abitur. Seither studiert sie an der Universität Jena Geschichte und Archäologie. Die Ergebnisse ihrer wissenschaftlichen Forschungen wurden 2003 veröffentlicht.

Rendite | *Lothar Petzold*

Der DAX
steigt und fällt
je nach Stimmung

Freude oder Angst
bestimmen den Kurswert
des EURO

Nirgendwo
so viel Leidenschaft
wie an der BÖRSE

Unsere Seele
liegt auf der BANK

Lothar Petzold, geboren 1938 in Leipzig, war Pfarrer in Torgau/Elbe und Berlin und zugleich Dozent, Publizist, Liederdichter und Erzähler. 1990–1996 war er in der Chefredaktion der Sächsischen Zeitung in Dresden zuständig für Themen der Zeit. Seit 1996 ist er freischaffend tätig und lebt in Zeuthen bei Berlin. U. a. erschienen bereits die Werke »Alles hat seine Zeit. Lieder« (2003), »Zu Hause in der Fremde« (2004) und »Geistliches Konzert. Wir kamen nicht von irgendwo … Sololieder« (2004).

Alles gibt die Sonne von ihrer Kraft
selbst sterbend noch im allerletzten Strahl
Hinter der Pyramide sie versinkt
und ertrinkt Horizont im Rot von Blut

Rot von Blut der Baum die Blüten schafft
drängt gen Himmel innerste Herzensqual
Liebreiz, morgenfrisch, ein Opfer er bringt
Liebreiz, neue Sonne – sie sind sich gut

Jürgen Polinske lebt in Berlin. Das vorliegende Gedicht entstand auf einer Mexikoreise. Von ihm erschien bereits der Gedichtband »In guter Gesellschaft«.

Ein gefährliches Spiel | *Mircea M. Pop*

Ich spiele
Leben und Tod
in meinen Gedichten

für das Leben
nehme ich ein weißes Wort
und ein schwarzes Wort
für den Tod

immer
bleibe ich
mit dem schwarzen Wort
im Mund
und mit trockenen Tränen …

Mircea M. Pop lebt in Eppelheim.

Alltäglichkeiten | *Ingrid Popp*

Wenn Alltäglichkeiten
den Stumpfsinn vermehren,
strebt der Geist nach den Sternen,
nach Erkenntnis, nach Licht.
Wenn die Zweifel am Sinn
immer wiederkehren,
dann verliert unsre Seele
das Gleichgewicht.

Auf der Suche nach Leben,
nach Erfüllung, nach Glück
übersieht man den Glanz
der Alltäglichkeiten.
Irgendwann sehnt man sich
dann zu ihnen zurück,
weil sie uns den Weg
zu den Sternen bereiten.

Ingrid Popp, Jahrgang 1939, war von 1960–1999 als Schulleiterin an Pflegeschulen tätig; heute ist sie Rentnerin. Von ihr erschienen bereits einige Fachveröffentlichungen zur Alten- und Krankenpflege; außerdem wurden ihre lyrischen Werke in verschiedenen Anthologien veröffentlicht, u. a. in »Resonanz II« bei Literareon.

Du siehst in den Spiegel
und denkst, oh Schreck.
Wo ist die Jugend geblieben?
Ist sie etwa weg?

Dein Blick ist kritisch.
Das kann nicht sein.
Wer macht mir die Falten?
Was fällt denen ein?

Du fängst an zu jammern.
Was mach ich jetzt bloß?
Ich bin doch erst achtzig
und schon geht es los.

Du überlegst.
Wird das jemals besser?
Ein Gedanke beherrscht dich.
Ich muss unters Messer.

Nun wirst du eifrig,
legst Gurkenscheiben auf die Augen.
Du nimmst fingerdick Creme.
Wird das Ganze auch was taugen?

Du merkst, es hilft nichts.
Deine Falten bleiben.
Gibt es ein anderes Mittel,
um sie zu vertreiben?

Plötzlich kommt die Erleuchtung.
Die Menschen, die spinnen.
Sie sollten viel mehr lachen,
denn wahre Schönheit kommt von innen.

Hedwig Protzek lebt in Bottrop. 2002 erschien ihre Autobiographie, 2004 ein Gedichtband.

Der erste Schnee | *Sandra Protzek*

Hurra, hurra, juche,
es fällt der erste Schnee.
Endlich ist es mal soweit,
dass es wieder schneit.

Frau Holle, die ist aufgewacht,
hat die Betten frisch gemacht.
Sie schüttelt, dass die Flocken fliegen,
hoffentlich bleiben sie auch liegen.

Es kommt nun eine schöne Zeit,
denn alles trägt ein weißes Kleid.
Die Flocken tanzen froh umher,
als gäbe es keine Sorgen mehr.

Die Tiere sind in großer Not.
Wer gibt ihnen nun ihr täglich Brot?
Helfende Hände sind sofort bereit.
Man kennt die Not der Tiere, wenn es schneit.

Der Schneemann steht schon vor dem Haus.
Er sieht richtig putzig aus.
Die rote Nase, Stock und Hut,
stehn dem weißen Mann sehr gut.

Der Schlitten, der wird flott gemacht.
Jedes Kinderherzchen lacht.
Alle sausen im Galopp den Berg herunter,
sind lustig, froh gelaunt und munter.

Das hat Petrus gut gemacht,
hoffentlich bleibt sie lange, die weiße Pracht.
Für viele Erwachsene ist Schnee kein Segen,
denn sie müssen fegen, fegen, fegen.

Doch auch sie erfreuen sich an dem weißen Kleid,
das uns beschert wird zur Winterszeit.
Sie vergessen das Fegen und sagen froh:
»Hoffentlich bleibt es noch lange so.«

Sandra Protzek wurde 1990 in Bottrop geboren und besucht derzeit die Realschule. Eines ihrer Werke wurde bereits in einer Anthologie veröffentlicht.

Leuchtend uns die Sterne stehen
hoch am Himmelszelt.
Ungeahnt ist ihre Ferne,
wissen wir, wie klein
ist unsre Welt?!
O Sonne, mögest du uns
ewig scheinen.
Unter Sternen werden wir geboren,
unter Sternen wir einst werden gehn.
Doch auch Sterne müssen sterben.
Vereint sind wir erneut im Staube,
bei jeder Sternschnuppe,
die die Erde berührt.

Annemarie Karola Quellmalz, Jahrgang 1950, ist Diplom-Ingenieurin und arbeitete ab 1978 in einem großen Chemieunternehmen, später als Patentingenieurin im Bereich Forschung. Seit 1996 ist sie nicht mehr berufstätig. Ihre Werke erschienen bereits in verschiedenen Anthologien, u. a. in der Lyrik-Bibliothek von Literareon.

Dieser gewisse Zauber | *Angela Redeker*

Manchmal,
als ob Seelen sich berühren,
spinnt der Wind
zart rosa Silberfäden
aus dem Mondlicht.
Die der Himmel
zu weichen Wolkenschiffen webt
in deren Kojen
sich zärtliche Stimmen wiegen,
wenn sie mit dem Tag
auf den Wellen des nächtlichen Atem
ins Reich der Träume segeln.

Angela Redeker, Jahrgang 1961, lebt in Lübeck, ist verheiratet und hat drei Kinder. Ihre Werke wurden bereits in verschiedenen Anthologien veröffentlicht.

JUNI | *Rosemarie Reimann*

Um die verwitterte
Feldscheune blüht
weißer Holunder –

im zerbrochenen
Fenster, der Zweig
spielt im Abendwind.

Rosemarie Reimann ist 1934 in Schwarzwaldau/Schlesien geboren. Sie war als Hauswirtschaftsgehilfin tätig. Seit 1954 lebt sie in Wewelsburg. Sie ist Mitglied in der Schreibwerkstatt »Literatur in Paderborn« und hat ihre Lyrik und Kurzprosa bereits in verschiedenen Zeitungen, Zeitschriften und Anthologien veröffentlicht.

SCHWEIGEN | *Franziska Riedel*

Es schweigt ein Lied
in aller Menschen Seelen,
in dem Gott die Welt beweint;
vergangene Zeit der Hoffnungen.
Und es weint, das Lied,
denn es hat seine Melodie verloren,
ist verstummt.
Und kann nicht fliehen.

Es schweigt ein Mensch
in endlos kalten Welten,
in denen er seinen Schmerz beweint;
tödliche Erinnerungen der Einsichten.
Und er weint, der Mensch,
denn seine Träume sind verloren;
sind verblasst.
Und kann nicht fliehen.

Es weint der Tod
in zerstörten Menschenherzen,
in denen er nur sich selbst beweint;
ein Ende ohne Leben.
Und er weint, der Tod,
denn er hat seinen Sinn verloren;
ist vereinsamt.
Und der weinende Tod;
er kann nicht fliehen.

Franziska Riedel, geboren am 19. Juni 1986, erkrankte mit acht Jahren an Diabetes Typ I. Am 24. April 2005 verstarb sie am hyperglykämischen Koma kurz vor Abschluss ihres Abiturs in Gera. Ab Oktober 2005 wollte Franziska Literaturwissenschaften in Erfurt studieren.

TOCHTER | *Gerda Röben*

Mutter
Butter
Futter

fett
nett
adrett

cat
sad
mad

I
had
no
dad

Gerda Röben, Jahrgang 1953, ist Förderschullehrerin mit den Fächern Kunst und Evangelische Religion.

DIE DÜRRE | *Tobias Klingsor Roth*

Dürre schließt ihre Hände, frisst
Sich nach oben hin durstig fort
An der farbreich beblätterten
Gladiole. Vor Kurzem

Schnitt der Köpfe getürmten Bund
Von der Pflanze ich erst – doch bald
Fallen Blüten um Blüten schon,
Still und langsam vergeh'n die

Gladiolen. Auch Wasser nicht
Nährt sie mehr. Schneller Takt
Eines Tanzes verbrannte sie,
Färbte aber die Blüten.

Die Werke von Tobias Klingsor Roth wurden bereits in unterschiedlichen Anthologien veröffentlicht, u. a. in »Treffpunkt Schreiben« und in der Lyrik-Bibliothek II von Literareon.

ich suche
in Eisritzen
nach Rosenrotblüten
vom Herbstwind
vergessen, presse sie
zwischen Winterweißblätter
male Wortranken darum:
einmal war Frühling

Alauda Roth, geboren 1964 in Wien, ist seit 2003 schriftstellerisch tätig, u. a. in der Freien Prosawerkstatt bei Inka Parei oder in der Schreibwerkstatt bei Fini Zirkowich. In der Edition »Andrann« erschienen ihre Werke »Elbenlieder« (2004) und »manchmal sehe ich« (2005).

WINTERSONNE | *Dirk Rotzsch*

Der Silberstreif, den ich sah am Horizont
Es war mein eignes graues Haar
Eine Nebelbank in der Wintersonn'
Ein Anblick so wie jedes Jahr

Manchmal merken wir erst nach vielen Jahren
Nach tausend Wochen Einsamkeit
Dass wir für fünf Minuten glücklich waren
Vor langer Zeit

Dirk Rotzsch, Jahrgang 1969, ist Autodidakt. Er schreibt nebenberuflich für verschiedene regionale Zeitungen und ein Online-Veranstaltungsmagazin. Seit vielen Jahren ist der gebürtige Leipziger Mitglied einer Band, für die er sich auch als Texter verantwortlich zeichnet.

Eifer Sucht | *Tilmann Schäfer*

Sucht im Eifer
Als Eifersucht
Mißtrauen als Schlucht
Vertrauen und Bindung
Seelenwindung
Angst der Einsamen
Eifersucht

Tilmann Schäfer, Jahrgang 1972, studiert Rechtswissenschaften in Mainz. Einige seiner Werke wurden bereits in verschiedenen Zeitschriften und Anthologien veröffentlicht.

Weißblühender Baum
– morgensonnenbestrahlt –
vor blauem Himmel
im Frühling meiner Liebe.

Das Blütenmeer
– von Tau benetzt –
durch mildwarmen Wind bewegt,
glitzernd
in heller Frühlingssonne,
die schwarzes Baumgeäst
als dunkle Schatten
auf den Weg meiner Hoffnung
malt.

Geduldiges Warten
unter Früchte-versprechender
Baumblüte
wird jäh
von dunklen Wolken
umschattet,
welche – sich vor die Sonne drängend –
Finsternis verbreiten.

Kälte lässt
feuchtschweren Schnee
auf den Baum fallen,
dessen Blüten
sich unter eisiger Last
lösen,
auf den beschneiten Weg fallen,
mit frühlingsfrostigem Weiß
vereinen,
indessen sie
unter den Schritten
Deines Vorübereilens
zertreten werden.

Dr. Rena Scheffel, geborene Berlinerin, aufgewachsen im Stadtteil Zehlendorf, ist dort in ihrer Praxis für Psychotherapie tätig. Nach dem Studium zur Diplom Psychologin promovierte sie in Philosophie und lehrte als Dozentin Sozialpsychologie. Sie schreibt vorrangig Lyrik, aber auch Aphorismen und Essays. Veröffentlichungen erfolgten in Deutschland und Australien.

Eine scharfe Waffe
Ist eine rare Metapher:
Sie ist der Hammer, der Deinen Panzer knackt.

Ein listiger Dietrich
Ist ein pfiffiges Bild:
Der Tigerkater, der um Deine Beine streicht.

Ein schillernder Schmetterling
Ist meine bunte Metapher:
Auf Deines Herzens Blüte landet er sacht.

Goldene Kometen
Durchschnitten die Nacht:
Ungeseh'n, ungehört sind sie verpufft, meine Worte,

Weil Du mir fehlst.

Michael Rasmus Schernikau, geboren 1985, studiert an der Friedrich-Alexander-Universität Erlangen/Nürnberg Germanistik, Italoromanische Philologie und Theater- und Medienwissenschaften. Bereits mit 14 Jahren schrieb er seinen ersten Roman, der 2003 erschien. Eines seiner lyrischen Werke wurde bereits in der Lyrik-Bibliothek von Literareon veröffentlicht.

Weiße, kleine Schneeflocken
tanzen Ballett
vor meinem Fenster,
wirbeln vorbei
in wilden Pirouetten,
zaubern dicken, weichen Teppich
auf braune Wintererde,
wiegen die Welt
in tiefe, warme Träume …

Renate Schmadalla, Jahrgang 1934, ist ausgebildete Fotografin, Mutter dreier Kinder und lebt in Bad Münder, Niedersachsen. Sie ist Mitarbeiterin an literarischen Zeitschriften, Tageszeitungen und Tiermagazinen und Mitglied im Freien Deutschen Autorenverband. Zahlreiche ihrer Werke wurden bereits in verschiedenen Anthologien veröffentlicht. Acht Einzelveröffentlichungen erschienen bereits, u. a. »Gedanken kennen keinen Abschied« (1997) oder »Lichtpunkte« (2002). Außerdem übersetzte sie zahlreiche Gedichte ins Ungarische und präsentierte ihre Werke in Lesungen auf den Buchmessen in Frankfurt und Leipzig und in Foto-Lyrik-Ausstellungen.

Endlose Ruhe, Weite, Dünen, Sand … am laufenden Band.
Zum einen sammeln Kinder und andere Fanatiker Muscheln,
aber seht her, da hinten im Standkorb sitzt ein Pärchen beim
Kuscheln.

Und so verbringen wir selber ein paar entspannende Tage,
ob wir es genießen – gar keine Frage!

Oft wollen wir doch im Urlaub niemand Bekanntes erblicken,
und dies – falls tatsächlich – per Tarnung mit Sonnenhut
und Zeitung gar klammheimlich im Keim ersticken;
gehen wir doch etwas zu Fuß – kein übler Sport –
und danach spielen wir Golf,
da nähert sich schon ein alter Schulkamerad namens Rolf,
der sich gequält lächelnd über seine Wehwehchen beklagt,
was wird er mit seinem Körper noch anfangen, sobald er betagt.

Vielleicht meckert dieses Individuum wie eine Herde Ziegen,
aber sollte es nicht einfach dem Charme seiner Freundin erliegen?

Ute Schmidt, 1955 in Wiesbaden geboren, ist Fremdsprachen-Sekretärin.

Beziehungsform | *Thomas Schmidt*

Reim dich oder friss mich.
Küss mich und vergiss dich.
Entscheid dich oder lass mich.
Verführ mich, dann verlier dich.
Liebst nur dich und niemals mich.
Verlass mich und befrei dich.
Geh in dich, dort versteh mich.
Dich für mich und mich für dich,
nicht für dich, auch nicht für mich.
Ich verzweifle und begreif das nicht.

Thomas Schmidt wurde 1975 in Gräfelfing bei München geboren. Seit seiner Schulzeit verfasst er Gedichte.

Alptraum | *Peter Schnellhardt*

Ein Schmetterling flog durch die Wüste,
ein Kamel ihn grüßte:
»Was suchst du denn in diesem Land,
das von der Sonne ganz verbrannt?«
»Blumen, Gräser, Bäume,
von denen ich einst träumte.«
»Da mußt du nach Europa fliegen,
wo diese Dinge liegen.«
»Du Kamel, was denkst du dir,
Europa, das ist hier.«

Peter Schnellhardt, Jahrgang 1949, ist niedergelassener Arzt für Allgemeinmedizin in Eisfeld.

kleine welt, eingebettet in den armen des horizontes.
langer weg, begleitet vom gesang der seelen der zeit.
kurzer traum, umschlungen vom meer der gefühle.
große worte, die eine armee des geistes durchdrangen.

Heidi Schulze ist Bürokauffrau und lebt in Leipzig. Ihre Werke wurden bereits mehrfach in der Lyrik-Bibliothek von Literareon veröffentlicht.

Gedränge | *Christiane Schwarze*

Gesichterumrisse
gaukeln der Stadt
Lebendigkeit vor.
Verfremdete Schritte
vergessen ihr Ziel.
Rot und Schwarz
streiten,
ob nicht jeder Herzschlag
austauschbar wäre.

Christiane Schwarze, Jahrgang 1960, ist Mitglied im Verband Deutscher Schriftsteller und der Hessischen Literaturgesellschaft. Von 1997– 2005 erschienen fünf Bücher, weiterhin ca. 200 Einzelveröffentlichungen im In- und Ausland. 2000 erhielt sie einen Anerkennungspreis im Rahmen des Wolfener Literaturpreises und war 2001 Siegerin beim Wettbewerb der bench-press »Story des Monats«. 2003 wurde sie für den Friedrich-Glauser-Kurzkrimipreis nominiert.

Wo bist Du? | *Bernd Udo Schwenzfeier*

Dunkelheit auf der Straße
gleicht der in meiner Seele –

hier Stille,
dort Einsamkeit –

hier keine Menschen,
dort keine Gefühle …

überall Leere,
Sonne, wo bist Du?

Bernd Udo Schwenzfeier ist 62 Jahre alt, verheiratet und pensionierter Kriminalbeamter. Seit ca. zwölf Jahren befasst er sich mit dem Schreiben. 2003 erschien »Der Feind in meinem Haus«, eine Sammlung von Mordfällen aus Berlin, und 2004 wurde eines seiner lyrischen Werke in der Lyrik-Bibliothek II von Literareon veröffentlicht.

ZERBROCHEN | *Maja Simunić*

Tief in mir ruhte ein See,
war glatt wie ein Spiegel
und klar wie das Licht.

Jedoch als er brach,
tat es mir weh.

So bitter es ist,
es überrascht mich nicht.

Maja Simunić, geboren 1976 in Görlitz, arbeitet als Organisatorin in einer großen Handelsfirma. Seit ihrer Jugend verfasst sie Gedichte und Kurzgeschichten.

ILLUSIONEN | *Rosa Speidel*

Was sind schon Illusionen?
Märchen, vom Winde erzählt;
auch Fels in der Brandung,
der Seelen am Leben erhält.
Was sind schon Illusionen?
Gedanken, herrenlos, frei,
Entwurzelt, entartet – nicht wirklich.
Sie tasten und fliegen vorbei.
Was sind schon Illusionen?

Illusionen sind einerlei!

Rosa Speidel, geboren 1943, lebt seit 1954 in Deutschland. Seit 2002 schreibt sie Lyrik und Kurzprosa und ist Mitglied mehrerer Schreibwerkstätten.

Graue Haare spiegeln sich im Wasser,
Feuchte Augen huschen über Wiesen,
Die triefende Nase tut, als müsst' sie niesen –
Die Wiesen waren auch schon nasser.

Die Zunge malt die Lippen feucht.
Die Zähne haben gelbbraungrüne Sprenkel,
Die beißen flink in fette Schenkel,
Wenn die Welt sich biegt und keucht.

Verloren auf halbem Weg nach Gestern.
Was soll der Gruß auf deren Grab? –
Der kam doch eh aus falschen Nestern.

Keine Wahrheit ist ganz richtig.
Weil die Lüge doch dazu gehört,
Ist die Wahrheit letztlich nichtig. –
Und der Lügner lediglich verstört.

Paul Spittler, Jahrgang 1987, ist Schüler und lebt in Altlandsberg.

ERINNERUNG | *Dirk Stammwitz*

schnee sein im sommer
und wasser im sand
wie der wind in der steppe
mit leichter hand
ein zittern der stimme
deine haut an der haut
du gibst mir das beste
du bist mir vertraut

Dirk Stammwitz, Jahrgang 1965, arbeitet als Grafiker und Layouter in einer Agentur in Leipzig. Seit 16 Jahren schreibt er Gedichte und fotografiert. Eines seiner Werke wurde bereits in der letzten Lyrik-Bibliothek veröffentlicht.

SCHWERT | *Jago Stein*

schon immer
Flamme
meuchelnde
Eleganz

das bist Du
meine Liebe

mein Traum
mein Wunsch
mein Feuer

Jago Stein wurde 1975 in Wiesbaden geboren. Er ist im Gartenbau tätig und nebenbei schriftstellerisch aktiv. 2001 erhielt er den Gerhard-Beier-Literaturpreis; 2002 war er Preisträger beim Poetry-Contest »Kains Kinder«.

Karlovy Vary | *André Steinbach*

Die Gedanken der Stadt
singen ihre Lieder.
Unter den Kolonnaden
bricht sich das Licht der
Vergangenheit.
Kopfsteinpflaster
– ungetrübt –
verschmilzt mit der
Gegenwart.
Über den alten Dächern
schwebt Musik.
Aus dem Dvořák Park,
in kleinen Schritten,
bewegt sich
die neue Zeit.

André Steinbach, geboren 1943, wechselte nach dem Grafikstudium zur tropischen Agrarwirtschaft. Für seine Graphiken wurde er mehrfach ausgezeichnet. Er schreibt Lyrik und Kurzprosa auf Deutsch, Englisch und Spanisch.

Freundestreue | *Adolf A. Steiner*

Unter Freunden, die sich treu,
gibt es Angst nicht mal als Wort.
Freund verrät dem Freunde ohne Scheu
offen Aug in Aug geheimsten Ort.

Wenn zwei Freunde frei ihr Herz
ohn Argwohn schenken können,
andern auch und ohne Schmerz,
ist dies ohne Neid zu gönnen.

Treue gibt's in Vielgestalt.
Wagen muss man zu erfahren,
wie im Echo widerhallt
tiefer Treue wahr' Gebahren.

Von Dr. Adolf A. Steiner, Jahrgang 1931, erschienen bei Literareon bereits der Gedichtband »Leben und Liebe«, der Erzählband »Claudio, Tante Sophie und ein Papst«, der Kriminalroman »Raub im Nonnenkloster« und 2005 sein Roman »Dialog mit Kilian. 68er-Roman über Sexualität als natürliche Grundlage der Erziehung«. Als Historiker hat er außerdem an zwei Lexika mitgearbeitet, die in der Schweiz erschienen.

ich bin im Gleichgewicht

nichts drängt mich
nichts zieht mich

ich gehe meine Schritte
ruhig und gelassen

maßvoll
in der Spanne
die mir im Moment gelingt

nichts treibt mich
nichts zieht mich

ich gehe
Schritt für Schritt
heute
jetzt

Meinolf Steinhofer, Jahrgang 1956, ist Diplom-Sozialpädagoge, verheiratet und hat eine Tochter. Er verfasst seit seinem 18. Lebensjahr journalistische Texte, Buchbesprechungen, Fachbeiträge, Lyrik, Prosa und Haiku.

SONNENFINSTERNIS | *Nancy Steinhoff*

Ein Augenblick wird entscheiden
über Freude oder Leiden,
denn die Nacht kommt zur Tageszeit,
Sekunden für die Ewigkeit.

Wenn die Finsternis einbricht,
erstrahlt ein Ring aus hellem Licht.
Mag man ein Zeichen darin sehen,
die Welt, die wird nicht untergehen.

Denn solange es die Sonne gibt,
solange Gott die Menschen liebt,
solange wird es auf Erden geben
immer wieder neues Leben.

Nancy Steinhoff, geboren 1974, ist Angestellte am Landgericht in Wuppertal. Seit ihrer Kindheit verfasst sie Gedichte und hat bereits mehrere veröffentlicht. Ihr Gedicht »Frieden« erschien 2004 in der Lyrik-Bibliothek von Literareon.

SORGEN | *Ursula Strätling*

hab ich nicht
sorgen will ich mich nicht
um dich
sorglos durchschreit' ich die Zeit
geboren zur Sorglosigkeit
ja
ich hab mich von allem befreit

doch nun
atme ich Einsamkeit

Die zur Zeit im Münsterland lebende, 1955 geborene Autorin schreibt in ihrer Freizeit Lyrik und Kurzprosa.

Wortschöpfer,
ob bekannte oder unbekannte,
modellieren Gedichte und Geschichten
wie Bildhauer ihre Skulpturen,
verleihen ihnen Ausdruck und Farbe
wie Maler ihren Bildern,
schenken ihnen Lebendigkeit
aus der Fülle des eigenen Lebens.
Mit Herzblut hängen sie
an den geschaffenen Werken
wie eine Mutter an ihren Kindern.

Gelungen oder nicht gelungen,
entdeckt oder unbeachtet,
eines Tages lassen sie sie los,
die geistigen Hirngespinste, diese
schmerzlich geborenen Geschöpfe,
schieben sie hinaus
ins entfernte Eigenleben.
Einige von ihnen
werden in aller Munde sein,
andere in Windeseile
in Vergessenheit geraten.

Wortschöpfer
sind einsame Sämänner,
die mit ihrem Ideenreichtum
literarische Felder bestellen,
denn das besonnen ausgereifte Wort
kann des Menschen Seele nähren.
Ob bekannte oder unbekannte,
gefühlsbetont sind sie alle,
und nach getaner Arbeit
versinken sie erschöpft
in Wohlgefallen.

Gisela Stumm schreibt Gedichte, lyrische Betrachtungen und sozialkritische Kurzgeschichten. Ihre Werke erschienen bereits in Tageszeitungen, Buchgemeinschaftsprojekten und in der Lyrik-Bibliothek von Literareon. Auch wurden ihre Gedichtbände »Liebe kennt den Weg zum Garten Eden« und »Unterwegs sind wir alle« veröffentlicht.

Noch wärmt sich die Echse
am Mauergestein.
Es schleudert die Sonne
ihr Licht auf Gewächse
zum Garten herein.
Gleich hinter der Tonne
voll tönerner Scherben
verkriecht sich die Wonne.
Schon faulen die Kerben
der Zaunpfahlkolonne
mit Schattengebärde.
Ein Windhauch wird rege.
Er streift das Gehege
zur Warnung der Herde,
dass frostig es werde.
Ein Blatt fällt zur Erde
und weist uns die Wege.

Alban Sturn, geboren 1946 in Rankweil/Österreich, lebt in Frastanz und ist Lehrer im Ruhestand. Er veröffentlichte bereits zwei Gedichtbände und Beiträge in Anthologien. 2004 erschien der Lyrikband »Etwas und Nichts«, 2005 der Lyrikband »Lyrischer Spaziergang« bei Literareon.

SCHUPPENTIER | *Elke Therre-Staal*

Hände krallen Berge
Rücken vor Bücher
Flattern fliegen weite
Täler Türen auf

Geigenskelett schuppig
Behaust glänzende Kreise
Buchseiten auf lockerem
Grund

Dr. Elke Therre-Staal, Jahrgang 1943, betreibt seit 1986 eine eigene Praxis für Psychotherapie in Marburg.

Begegnung
Wir – zwei Schwalben am Sommerhimmel –
Dein Lächeln berührt mich,
verführt mich?

Blicke
tauschen einander,
berauschen?

Herzen
pochen im Gleichklang, überwinden
Distanzen – Dissonanzen?

Gehen aneinander vorbei,
einerlei?

Sunčica Todorović ist Diplom-Sozialpädagogin. Zwei ihrer Werke wurden bereits veröffentlicht: die Lyrikbände »Schachtelwesen« und »Zartbitter«.

TINTENHORIZONTE | *Thorsten Trelenberg*

Klatschmohn dürstet

Hinter meinen Tinten
Horizonten

Teilen sich Tag und
Nacht

Unsere Echos

Gleiten über

Schimmernde Tautropfen
Wiesen

Thorsten Trelenberg, Jahrgang 1963, lebt und schreibt in Schwerte. Bisher veröffentlichte er fünf Gedichtbände, ein Kinderbilderbuch sowie zahlreiche Anthologiebeiträge.

Laß doch »Licht« zu dir hinein,
denn dann bist du nicht allein,
hilfst dir selbst und auch der Welt,
Frohzusein ist mehr als Geld!

Nimm dein Leben und die Tage
unbeschwert und hilf dir sagen:
»Jetzt gilt's froh und fröhlich sein,
denn du bist ja nicht allein!«

Viel zu schnell vergehen deine Tage,
doch es vergehen auch deine Plagen,
heller wird es um dich her
und deine Angst schwindet immer mehr! –

Von Dieter Vahl, freier Schriftsteller, wurden bereits »Erziehung – wohin treibst du?«, ein Pädagogik-Kompendium für Lehramtsanwärter, und die Gedichtbände »Gedichte auch für Dich« (Band 1–4) veröffentlicht.

FLUCHTPUNKTE | *Malina Vanilla*

Aborte. Notausgänge. Grenzen.
Zuhause. Natur. Freunde. Gott.

Astronomie. Bildende Kunst.
Darstellende Geometrie. Baukunst.

In einer Welt,
in der Kunst Perspektive heißt,
hängt die Nase schief:
Sterne flüchten und
Sonnen fluchten,
Häftlinge werden Flüchtlinge,
Hungernde und anders Denkende auch.

Worin liegt der Punkt? –
Flucht wegen Sehnsucht.

In einer Welt,
in der Mauern einstürzen,
weil Fluchtpunkte nicht beachtet wurden
und Mauern gestürzt werden,
um Fluchtpunkte zu sein,
gibt es welche, die zum Jawort flüchten
und solche, die einen Punkt setzen vor dem Jawort.

Manche flüchten vor sich selbst
ohne Punkt.

Malina Vanillas Vorliebe gilt der Lyrik. Sie lebt und schreibt in München.

An einigen Anstandssteinen
nehme ich keinen Anstoß mehr.
Inzwischen ist mir vieles gleichgültig.
Aber recht ist es mir deshalb nicht.

Man hat mir beigebracht,
Unrecht sei Verrat am Lebensrad.
Trotzdem wurde mir ein Freibrief ausgestellt,
manche nennen das: Befähigung, Mensch zu sein.

Moral ist oft fühlbar die Schuldenenergie,
die mich in die Vergangenheit reißt,
die unsagbar leidvollen Prüfungen der Erinnerung.

Moral ist oft vorstellbar die Rückkehr
in ein Paradies, in dem ich nie war.

Moral ist oft fern,
eine Idee meiner selbst,
und nah,
der ausgebrochene Zacken meiner Blechkrone.

Ich weiß,
ich bin versteinert.

Ich bin
unheilbar.
Ein Mensch
im moralischen Endstadium.

Teresita Vargas, Jahrgang 1974, ist Publizistin; ihre Berufung ist das Reisen. Von ihr erschien bereits das Sachbuch »Flirten für Globetrotter. Europäische Annäherungen«.

Gelbe Wege
entlang sonnenbleicher Mauern
bewegen Wärme.

Neben knalligen Gerüchen
der Mohn- und Kornblumen
liegt das funkelnde Wasser
im friedlichen Blau.

Dann –
ein stilles Erschrecken
in der leuchtenden Stille.

Alle Felder schaukeln im Wind
und ergeben sich
dem schnittigen Regen
in nachgiebiger Ergebenheit.

Susanne Voigt, 1958 in Badenhausen geboren, ist Grund- und Hauptschullehrerin. Neben der beruflichen Tätigkeit veröffentlichte sie bereits einige Gedichte und Kurzgeschichten in Zeitschriften und Anthologien.

Die gelbe Rose küßt das Wasser
der tiefen Schale tragend Licht,
welch widerspiegelt mein Gesicht
und meine Träne, sie ist nasser.

Des Kegels Düfte zieh'n vorüber
an Engelstatuen am Tisch,
an mein Gemüt sie hängen sich,
bringen zurück Erlebtes wieder.

Die Eintagsfliegen halten ein
am reifen Obst der rosa Schale,
erklettern Trauben allemale,
nach einem Tag sind sie Gebein.

Angela von der Vring lebt in Tübingen.

TUNIS (SKANÈS) | *Manfred Anton Wagner*

Das Rauschen des Meeres wie Ruderschlag
Der helle Sandstrand mit den unzähligen Fußsohlen
Die Strohpilze der Sonnenschirme in warmer Geborgenheit
Die Seesterne der Dattelpalmen
Essen und Trinken ohne Zeit und Beschränkung
Himmelblau lackierte Möbel aus meiner Kindheit

Meine Nerven werden gesund

Die Farbe des Wassers

Der schieferviolette Saum am Horizont
darüber der wässrige Ton eines Blaugraus, ganz schwach vergilbt:
ein scharfer Kontrast
das schmale dunkle Band des Wassers verliert sich im flachen
        Gekräusel der körperhaft weiten Ebene
mit den mattgrünen Schuppen zum Strand hin
Gläsern schäumende Streifen reiten auf tiefbraungrünem Gelee
zu dem weich gewölbten mattgelben Saum des Strandes …

Der Schaum der Wogen

Seitlich haschen Gekräusel einander:
Tiefgrüne Flaschen, zerbrochen im Licht

(2004)

Manfred Anton Wagner ist Humanist und war lange Jahre Lehrer am Hans-Carossa-Gymnasium in Landshut. Seit seinem Ruhestand ist er kreativ und schreibend tätig. Zahlreiche seiner Werke wurden bereits veröffentlicht.

Nachwuchs haben | *Michael Wegner*

Grüner Rasen auf den Wiesen
Mond und Sonne prächtig, günstig unser Herz
Blumen duften, Vöglein sangen
Da erlebten wir zusammen unsren Scherz

Sich erinnern an unser Treffen
Über Worte, die für uns die Seele sprach –
Glücklich würde unser Leben
Folgend gnädig den Geboten Christi nach

Voller Freude, voller Liebe
Warten wir auf unser Wiederseh'
Sonnenstrahlen auf den Wiesen
Glänzend widerspiegeln unsere Seel'
Nachwuchs haben, einvernehmlich
Hoffnungshelle überglücklicht unsere Tat
Die uns führet, vollberechtigt
Stärkend unsern Elternstamm, das Heim und Staat

Michael Wegner,1925 in der Ukraine geboren, lebt heute in Neumünster und ist Rentner. 2002 erschien seine Autobiographie »Deutsche in der Fremde« bei Literareon.

Sei gegrüßt, Melancholie –
innigste Geliebte mein,
Künderin von süßer Schwermut
und trautem Gebrechlichsein.

Deiner Sehnsucht Pfeile zielen
stets zum andern Ufer hin,
drüben weilt die linde Ahnung
dessen, was ich hier nicht bin.

Dein ist meine ganze Seele,
du bist Unglück gleich wie Glück,
bringst das Trostlose im Leben
als die Hoffnung mir zurück.

Bist für mich geschenkte Ehre,
Schöpferin der Utopie,
doch noch mehr bist du Verpflichtung –
Sei gegrüßt, Melancholie!

Gabriela Weil, geboren 1958 in Kassel, absolvierte Berufsausbildungen zur Arztsekretärin und Fremdsprachenkorrespondentin. Heute lebt sie in Baunatal, ist verheiratet, schreibt medizinische Gutachten und arbeitet als freie Lektorin bzw. Korrektorin; nebenbei macht sie Hörfunk-Features im Freien Radio Kassel über bekannte Schriftsteller und Philosophen. Seit 2004 ist sie ehrenamtlich als Vorlesepatin der »Stiftung Lesen« tätig.

Der Astronaut | *Rudolf Weiß*

Ich schwebe frei im RAUM.
Die ERDE dreht sich
langsam über mir.
Meine Füße zeigen
in das schwarze ALL.
STERNE ringsum.

Das RAUMSCHIFF schimmert;
wie Libellenflügel breiten
sich die Sonnenpaddel aus,
sammeln ENERGIE.
Auf die Ohren drückt
die absolute Stille.

Meinen Schubdüsen
entströmt Treibgas
mit schwachem Impuls;
greife nach den Gerüsten,
die Werkzeuge bereit
an den Handschuhen.

Die neue STATION
wird gewaltig sein!
Der MENSCH bewohnt,
was früher HIMMEL hieß.
Ich will zum GANYMED –
und – AD ASTRA …

Rudolf Weiß, Jahrgang 1926, lebt in München und ist Gymnasiallehrer für Physik und Mathematik. Seit 1990 befindet er sich im Ruhestand. 2004 erschien sein Gedichtband »Nur atmen« bei Literareon.

KRÄHENLOS | *Volker Welz*

In dem D-Zug
Halle – Leipzig
schoss ein Junge
mit ner Zwille
aus dem Fenster
auf ne Krähe
die vorbeiflog
und dann sterbend
in die Felder fiel.
Tja.

Volker Welz war nach seinem Magisterstudium der Literaturwissenschaft Dozent an einer Privatschule in Hamburg. Seit 2000 lebt der Vater zweier Töchter in Berlin. Seine Lyrik und Kurzprosa erschien bereits in verschiedenen Literaturmagazinen.

Ach, du lieber Mai | *Renate Wickert*

Ach, du lieber Mai,
lass dich nicht lang bitten.
Komm bei uns vorbei
auf dem Pferd geritten.

Fliege wie ein Vogel weit
in den blauen Himmel rauf.
Trag' für ihn dein schönstes Kleid
mit viel bunten Blumen drauf.

Freu dich auf den Sonnenschein,
färb' die dunklen Bäume grün.
Lass die Menschen fröhlich sein,
bis der Frühling zieht dahin.

Renate Wickert ist 57 Jahre alt und schreibt Gedichte und Geschichten für Kinder. Ihr Gedicht »Winterzeit« wurde bereits in der Lyrik-Bibliothek von Literareon veröffentlicht.

eintönig grauer novemberregen berieselt
mein müdes gesicht
verschleiert den blick für die schönheit des lebens
klarheit es gibt sie nicht
hoffnung verzehrende angstgefühle bestimmen
die tristen tage
kommst du sag mir wann denn jemals zurück
verzeih meine bange frage

Gerda Winter, Jahrgang 1937, befindet sich seit 1997 im Ruhestand. Sie ist Teilnehmerin verschiedener Schreibwerkstätten und Literaturworkshops.

Blüte der Dunkelheit | *Melanie Wötzel*

Gelbe Lilie auf schwarzem Boden,
Tränen löschen den Durst,
Die Dunkelheit bricht herein,
Verschlingt alles, lässt keinen Platz für die Sonne.

Das Licht wird nie wieder
Den Boden berühren,
Das Leben welkt,
Nur die gelbe Lilie scheint ohne Licht.

Ein dunkler Schimmer,
Ein fahler Glanz,
Und nichts weiter.

Nur die Blüte der Dunkelheit,
Gefangen in der Ewigkeit der Glanzlosigkeit,
Verloren im ewigen Schatten des Lebens.

Melanie Wötzel, 1987 in Leipzig geboren, absolvierte gerade ihr Abitur.

DAS SINKENDE SCHIFF | *Sabine Wunderlich*

Wenn nun ein letzter Sonnenstrahl
am fernen Himmelszelt erscheint,
dann seh' ich einen kleinen Wal,
wie er im tiefen Meere weint.

In dem strahlenden Abendrot
im allerletzten Tageslicht
ist ein Schiff in Not,
als sein Segel bricht.

Am ewig fernen Horizont,
in dem letzten Sonnenschimmer,
in dieser tiefen Himmelsfront
ist die Einsamkeit für immer.

Der Sonnenuntergang im Meer,
das Licht ist an die Nacht verloren.
Auch das sinkende Schiff kommt niemals mehr,
es ist in der Dunkelheit erfroren.

Mond und Sterne über dem Meer,
aus der Tiefe schrei' ich nach dir.
Ich geist're auf dem Grund umher
doch du bist ewig fern von mir.

Sabine Wunderlich lebt in Leipzig und arbeitete als Call-Center-Agent und für den Naturschutzbund. Derzeit ist sie für den Psychatrieverein »Durchblick e.V.« tätig. Eines ihrer Werke erschien bereits in der Lyrik-Bibliothek von Literareon.

AUGENLICHT | *Engeltraud Zarbuch*

Sein Aug' ist wie ein Lichterbogen,
wie warmes Leuchten, das den Raum erhellt,
das ist es, was mich angezogen,
heraus aus Kält' und Schatten, der mich oft anfällt;
ein sprühend' Jauchzen – selbst im Dunkeln –
von einem, der das Leben fand,
wie Edelsteines kindlich Funkeln
im Sonnenspiegel – Morgenland.

Wie soll ich es wohl sonst noch nennen,
dies Strahlen aus der Wolkenwand hervor,
es wird zum lichterlohen Brennen,
das angezündet draußen vor dem Tor.

Sein Aug' ist wie ein glühend Feuer,
das gerne springt und tanzt und lacht,
wie Wunderkerzen ist's, wie Weihnachtsfeier,
wie Sternenflammen mitten in der Nacht.

Engeltraud Zarbuch wurde 1932 in Pommern geboren und verbrachte ihre Jugend in Mecklenburg. Heute lebt sie in Chemnitz.

Gefangen in den Grenzen der Zeit |
Anna Zimmermann

Ausbruch ins Ungewisse,
dem brennenden Wunsch folgend,
sich zu befreien von den sturen Regeln der Zeit.

Heiße Tränen,
die allein dem Fernen geltend
mit sehnsüchtigem Hoffen langsam entrinnen,
doch selbst im gemeinsamen Flusse
unverstanden bleiben.

Die Unzufriedenheit wächst unbarmherzig weiter
im Jetzt, drängt zum Lösen der Fesseln,
die die Zeit dem Menschen
qualvoll auferlegt,
und doch so widerstehlich,
Begierde weckend nach dem Sprung
in die erhofft besser werdende Zukunft erscheinen.

Beißende Erkenntnis,
die die Sehnsucht schmerzend,
den Wunsch des Unmöglichen lächerlich macht,
wandelt sich zu bitter einsamer
Hoffnungslosigkeit.

Der aussichtslose Versuch, den Problemen, dem Jetzt
zu entfliehen, scheitert und der Mensch bleibt
gefangen in den Grenzen der Zeit.

Anna Zimmermann, 1986 geboren, besucht den 13. Jahrgang der Holstenschule in Neumünster. Schreiben ist ihr liebstes Hobby.

Der große Sommer geht nun fort,
froh schenkt er bunte Bilder dort
aus fern vergang'nen Reisetagen,
die uns zum dunk'len Rand hin tragen.

Hitze sitzt in leichten Kleidern fest,
an Gartenecken, zaungepresst
zischt schattenlachend Windstoß her,
fegt blättergraue Straßen leer.

September platzt Kastanien auf,
Eichhörnchen huscht, verharrt im Lauf
sekundenlang, es trägt die Frucht,
die es schon morgen wieder sucht.

Iris Zimpel, geboren 1947 in Wittstock/Dosse, ist Realschullehrerin, verheiratet und hat zwei erwachsene Kinder.

MEIN GROSSMÜTTERLEIN | *Reinhild Zuber-Hinkel*

Draußen ist's winterlich kalt und nebelig,
in der Nacht, da fielen die ersten Flocken.
Ein Paket von der Omi, das öffne ich,
halte in der Hand ein Paar selbst gestrickte Socken.

Ein kleiner Tannenzweig duftet mir entgegen,
auch selbst gebackene Plätzchen und ein Stollen –
eine Großmutter zu haben, ist wirklich ein Segen.
Alles so liebevoll verpackt – meine Tränen rollen.

Ein Briefchen finde ich ganz unten versteckt.
Mit verschleierten Augen lese ich die Zeilen, den Sinn.
Ich habe meine Sehnsucht nach Omi wiederentdeckt.
Liebevoll lädt sie mich ein, demnächst fahre ich hin.

Schon versinke ich in eine andere Welt,
denke an Besuche bei Omi in früheren Zeiten.
Da hat noch der Hund Astor bei ihr gewacht und gebellt.
Wie schnell nur die Kindheitsjahre entgleiten!

An ihrer Seite liegt schlafend gestreckt
Miezi, die Katze, die schmusige, faule,
aber ist sie aus dem Schlaf geweckt,
spielt sie munter mit Omis Knäuele.

Die Uhr an der Wand pendelt ohne Hast,
schlägt geruhsam den Takt und tickt.
Ich sehe die Großmutter, die Brille auf der Nas',
die Nadeln, sie fliegen, eifrig sie strickt.

Ich setze mich zu ihr auf die kleine Fußbank,
höre sie gern reden, erzählen, belehren.
Noch heute sage ich ihr meinen Dank,
dass sie meine Fantasie konnte beflügeln und mehren.

In Gedanken streichel' ich über Miezis Fell,
streich' über die vielen schwarz-weißen Härchen,
sage: »Omi, erzähl mir doch schnell
wieder einmal ein schönes Märchen!«

Und auf leisen Sohlen tritt heimlich Stille herein,
kein Fernseher stört die Dämmerstunde.
Ich höre erzählen mein Großmütterlein:
»Es war einmal …« aus ihrem Munde.

Eine ganze Weile halte ich träumend in der Hand
die mit feiner Wolle gestrickten Socken, die warmen,
sehe mich bei Omi im Märchenland,
seh' schlafend mich als Kind in ihren Armen.

Dann zieh' ich die Socken an, sie passen vorzüglich,
streich' über die Maschen ohne Zahl
und denk' an mein Großmütterlein nostalgisch,
denn ich weiß ja: Es war einmal …

Dipl.-Pädagogin Reinhild Zuber-Hinkel, Jahrgang 1938, war Justizbeamtin in Lübeck und Frankfurt am Main, nach der Familienphase (zwei Kinder) absolvierte sie ein Lehramtsstudium (Germanistik und Musik), später ein Diplompädagogikstudium in Frankfurt am Main. In den 80er Jahren war sie nebenberuflich freie Mitarbeiterin an zwei Tageszeitungen und schrieb als Hobby Glossen, Berichte und Musikkritiken. 2005 erschien ihr Reiseroman »Das Ewigweibliche und der ›Professor‹« bei Literareon.

Inhaltsverzeichnis

DIE LITERAREON LYRIK-BIBLIOTHEK

Schreiben Sie gerne Lyrik? Dann senden Sie uns doch Ihre schönsten Gedichte für unsere Lyrik-Bibliothek. Unser Lektorat wählt aus allen Einsendungen die gelungensten Texte aus und prämiert die besten drei mit Bücherpaketen. Die Veröffentlichung ist für Sie natürlich kostenlos.

Die Spielregeln: Pro Autor/in dürfen maximal 3 Gedichte eingereicht werden. Maximale Textlänge pro Gedicht: 1200 Anschläge; falls möglich bitte auf PC-Diskette. Den Beiträgen ist ein Anschreiben mit folgenden Informationen beizufügen: Name, Anschrift, Telefonnummer und eine Kurzdarstellung der Autorin/des Autors (max. 5–10 Zeilen), die für die spätere Veröffentlichung verwendet werden kann. Die Beiträge und die Unterlagen werden nicht zurückgesandt. Beiträge werden laufend angenommen, wir benachrichtigen Sie nach jeweils spätestens 6 Monaten.

Bitte senden Sie Ihre Beiträge an:

Literareon im Herbert Utz Verlag GmbH,
Stichwort: Lyrik-Bibliothek
Adalbertstraße 57
80799 München

LYRIK IN LITERAREON

Tägliche Anfragen und zahlreiche Einsendungen von Gedichten haben uns in unserer langjährigen Tätigkeit gezeigt, wie groß das Interesse an Lyrik ist. Deshalb haben wir von Literareon diese Reihe für Sie entwickelt:
Ihr persönlicher Gedichtband mit kompletter Abwicklung und allen Serviceleistungen des Verlages für 1000,– Euro inklusive MwSt. – so erhalten Sie einen ansprechend gestalteten Band im handlichen Taschenbuchformat mit Ihren Gedichten.
Bereits ab 24 Gedichten können wir Ihr Buch verwirklichen – bis zu 40 Gedichte sind möglich. Bei umfangreicheren Gedichten, die mehr als einer Seite bedürfen (mehr als 28 Zeilen zu je max. 50 Anschlägen), haben Sie entsprechend 40 Seiten zur Verfügung. Nach ca. zwei Monaten halten Sie Ihren 52-seitigen Lyrikband in Händen, der im Buchhandel für 9,95 Euro erhältlich ist. Sie können jederzeit beliebig viele Bände zu Ihrem Autorenpreis mit 30 % Rabatt (also zu je 6,97 Euro) beziehen – bei Ihrer Erstbestellung sogar einmalig mit 50 % Rabatt (zu je 4,97 Euro).
Weitere Informationen finden Sie unter *www.literareon.de*, oder rufen Sie uns einfach an: 089-307793-96.

Angebot freibleibend, Änderungen vorbehalten